INHALTSANGABE

AF187492

Die Sache mit...

1

Die Sache mit…

…der verletzten Kundenseele

Die leidende Seele

Theo liegt fast auf dem Tresen. Seinen Kopf auf die linke Hand gestützt starrt er auf die vor ihm ausgebreitete Tageszeitung. Der Zeigefinger der rechten Hand folgt den Sätzen, die er gerade liest. Wie in Zeitlupe gleitet er die Seite hinab. Theos Mundwinkel folgen dieser Bewegung, bis sein Mund einem auf den Kopf gestellten Halbmond gleicht. Eins ist klar: Theo ist mit etwas ganz und gar nicht einverstanden.

Als ich neu in dieser alternativen Kunstkneipe war, dachte ich, dass Theos Missmut beim Zeitunglesen etwas mit den aktuellen Tagesnachrichten zu tun haben könnte. Vielleicht hatte er ja gerade von einer katastrophalen Niederlage seines Lieblingsvereins gelesen. Oder sein favorisierter Politiker steckte in der Bredouille. Oder er imitierte mit seinen Gesichtsmuskeln intuitiv die grafisch illustrierte Entwicklung seines Aktienfonds.

Mit der Zeit wurde mir jedoch klar, dass kein Fußballverein so oft verlieren, kein Politiker so oft versagen und kein Fonds so oft abstürzen konnte. Das Problem musste deutlich oberhalb der Zeitung liegen. Irgendwo in Theo, der mit sich, der Welt und den zwischen beiden Bereichen entstehenden Schnittstellen nicht recht klar zu kommen scheint.

Was ja eigentlich gar nicht so schlimm wäre. Vermutlich gibt es Zigtausende Theos, die allabendlich am Tresen hängen und ihren Missmut auf die eine oder andere Art raus lassen. Dumm ist nur, dass Theo auf der anderen Seite des Tresens hängt. Mir diagonal gegenüber, da, wo die Flaschen stehen und ausgeschenkt wird. Er ist definitionsgemäß Angestellter eines Bewirtungsbetriebes und sollte Gäste mit Speis und Trank versorgen, zudem Ansprechpartner und Repräsentant des Etablissements sein und durch beste Servicequalität die Attraktivität dieses Kleinunternehmens erhöhen.

Von all dem weiß Theo jedoch leider nichts. Wenige Zentimeter über der Zeitung hängend ist er völlig von der Widerwertigkeit des durch die Tageszeitung dokumentierten Weltgeschehens gefangen genommen. Ich neige meinen Kopf etwas nach unten und versuche Blickkontakt aufzunehmen. Ein leichtes Stechen im Rücken verrät mir, dass ich nicht noch weiter herunter gehen sollte. Erster Versuch der non-verbalen Kontaktaufnahme gescheitert. Also versuche ich mal die Audio-Schiene und lasse die bereits abgezählten Euro-Münzen zwischen den Fingern kreisen. Es klimpert vernehmlich in meiner Hand. Theo hat's nicht mitbekommen, unbeirrt gleitet der Zeigefinger weiter die Seite hinab, rutscht knapp an der Abbildung von Angela Merkel vorbei und nähert sich der Landkarte Syriens.

Ich habe Durst. Der kriegt mal wieder nichts mit. Also muss eine massive Attacke her. Ich gehe noch einen Schritt vor und stoße dabei nicht ganz unbeabsichtigt gegen den Barhocker, der krachend den zahlreichen Schrammen an der Theke eine weitere hinzufügt. Meine rechte Hand platziere ich unübersehbar neben der Landkarte Syriens, wobei mir rein zufällig ein Eurostück entgleitet, das über die gesamte Auslandsnachrichtenseite rollt, und dann torkelnd neben dem Artikel über den bevorstehenden Nahostgipfel zum Stillstand kommt.

Theos Kopf zuckt hoch. Rot geäderte Augen schauen mich entnervt an. Jeder kennt den Gesichtsausdruck eines Obers, bei dem man um 22.56 Uhr noch etwas bestellt und der frustriert seinen pünktlichen 23 Uhr-Feierabend schwinden sieht. Genau so schaut Theo jetzt, nur dass es 18.20 Uhr ist und Theo ihm zusetzende Kunden immer so anschaut.

„Ja, bitte?", bellt er im Ton eines Beamten, der einen unerwünschten Besucher abwimmeln will.

„Ein Weizen, bitteschön", zirpe ich und bemühe mich inständig, einen Hauch von Freude in Theos düsteres Dasein zu bringen. Der dankt es mir, indem er theatralisch zur Decke schaut, um mich wenig später fast mitleidig zu mustern. Er hebt seine Leseorientierungshand und dreht die Handfläche nach oben. Gereizt fragt er:

„Ein Kristallweizen? Ein Hefe? Ein dunkles Hefe? Alkoholfrei?"

Eigentlich eine berechtigte Frage. Allerdings komme ich hier schon seit 10 Jahren so um die fünfmal die Woche her und trinke immer ein helles Hefe. Macht Pi mal Daumen 2500 Hefeweizen, es wäre theoretisch möglich, dass irgendwo in Theos Schädel eine Erinnerung daran besteht. Aber heute ist es noch nicht so weit. Also trällere ich:

„Ein helles Hefe, wie immer". Als Theo sich immer noch nicht bewegt füge ich schnell noch „Mit Alkohol" hinzu und ringe mir ein herziges Lächeln ab. Er erhebt sich schwerfällig, holt die Flasche aus dem Kühlschrank und knallt sie vor mich.

„Glas?", fragt er.

„Nee, `nen Strohhalm", würde ich nun gerne knurren und Theo so auf die Dämlichkeit seiner Frage hinweisen. Aber ich sehne mich nach einem friedlichen Feierabend und säusele daher:

„Oh ja, das wäre super"!

Das Geld wechselt den Besitzer, Theos Hände und Mundwinkel nehmen wieder die Grundstellung ein und ich entferne mich leise, um ihn nicht weiter zu stören.

In einer entfernten Ecke setze ich mich an einen freien Tisch und denke frustriert über die Ungerechtigkeit der Welt nach. Eigentlich stände mir eine Medaille mit eingravierter Würdigung zu: „Zum 2500 ten. Alles Gute! Dein Theo". Stattdessen muss ich immer wieder betteln, um überhaupt bedient zu werden. Klar, ich könnte rein theoretisch den Einsatzplan dieser Kneipe studieren und Theo aus dem Weg gehen. Dann müsste ich mich allerdings mit anderen Spezialisten in Sachen Kundenvertreibung und Umsatzverhinderung herumquälen.

Mit Bernd, zum Beispiel. Bernd ist eigentlich ganz nett, aber leider auch sehr schreckhaft. Was sich vor allem beim Auftauchen von Kundschaft bemerkbar macht. Wissenschaftlich ausgedrückt besteht eine signifikante Korrelation zwischen dem Erscheinen von Kunden und Bernds Verschwinden. Bernd kann eine ganze Stunde ohne Kundenaufkommen stoisch hinter dem Tresen verbringen.

Kaum nähert sich jemand der Theke, spürt er das intuitiv und verschwindet sofort aus der Gefahrenzone. In den Keller, um Getränke zu holen. Vor die Tür, um endlich auch einmal eine Zigarette rauchen zu dürfen. Oder schlicht aufs Klo, aus nachvollziehbaren Gründen.

Erwischt man einen Bernd-Bedienungstag, findet man sich unweigerlich in einer langsam wachsenden Schlange vor dem Tresen wieder. Kneipenneulinge erkennt man daran, dass sie hektisch den Kopf verdrehen, um nach der verschwundenen Bedienung Ausschau zu halten. Gestandene Profis deklinieren einfach zum Zeitvertreib die Anordnung des dreistöckigen Spirituosen-Regals. Wenn man gedanklich die Whiskysorten durch hat und langsam die Liköre rezitiert, kommt er meistens zurück. Schnaufend und mit unruhig flackernden Augen, als ob er gerade mit einem sich ankündigendem Burn-Out zu kämpfen hätte.

Oder Uwe, der die immer gleichen 60er Jahre-Hits so laut spielt, dass man sich nur mit Zeichensprache verständigen kann. Oder Herbert, der alte Sozi, der schon alleine das Erscheinen bei der Arbeit als soziales Engagement einstuft.

Ich trinke einen tiefen Schluck und spüre in mir den bitteren Schmerz einer verletzten Kundenseele. In dem Maß, in dem der Inhalt in meinem Glas schwindet, wächst in mir die Gewissheit, dass ich mir nach all den Mühen des Lebens einmal richtig guten Service gönnen sollte. Mit einem weiteren tiefen Schluck besiegele ich feierlich meine Entscheidung: Morgen werde ich in einem Etablissement dinieren, in dem der Kunde noch König ist.

„Skoll!", und runter mit dem Rest des hefigen Getränks.

Zu neuen Ufern

Um 19 Uhr des folgenden Tages ist es dann so weit. Frisch geduscht und in feinstem Zwirn öffne ich die Eingangstür des italienischen Top-Restaurants Emilia Romagna. Genauer gesagt – ich möchte sie öffnen. Als ich die Klinke bereits in der Hand habe, wird die Türe von innen aufgerissen. Ich stolpere nach vorne und kann mich gerade noch am übereifrigen Türsteher abstützen.

Vor mir erstrahlen zehn festlich gedeckte Tische, auf denen Silberbesteck, Blumengebinde und ganze Garnisonen von Trinkgefäßen zum Dinieren im großen Stil einladen. Als ich frohgemut einen Schritt in Richtung des anvisierten Tisches machen will, hält mich etwas an beiden Schultern fest. Ich rucke nochmals ein wenig nach vorne, aber Giovanni von der Tür lässt sich nicht abschütteln und hält beharrlich den Kragen meines Mantels fest.

„Un momento, Signore", säuselt er und will mir partout aus dem Mantel helfen. Mit Pinguin ähnlicher Eleganz strecke ich meine Arme nach hinten und versuche den Tüll abzuschütteln. Ich zapple, er zieht, es braucht einige Versuche bis ich mich aus dem Mantel geschält habe.

Endlich in Freiheit mache ich zwei energische Schritte in Richtung des von mir auserkorenen Tisches, aber ein Kellner versperrt mir den Weg.

„Tavolo per una persona?", fragt er.

„Si, gracias", antworte ich höflich. Er lächelt dünn und führt mich zu einem direkt neben dem Küchenausgang gelegenen Tisch. In den beim *Cinque Terre* Urlaub aufgeschnappten

Sprachbrocken kramend, deute ich auf den Tisch meiner Begierde und frage:

„Esto tabolo nix possibile?".

Giovanni der Zweite schluckt und meint pikiert:

„Dies ist ein Tisch für vier Personen, mein Herr."

Ich schlucke ebenfalls. Der spricht ja deutsch. Etwas überrascht vom plötzlichen Sprachwandel meine ich:

„Macht nichts. Den hätte ich gerne."

„Einen Moment der Herr", wird mir geantwortet und mein Gegenüber eilt zu einem Herrn, der sich von den bisherigen Kellnern durch eine Bordeaux-rote Weste abhebt. Es wird gestikuliert und getuschelt, man ist wieder bei Italienisch angelangt. Dann wird mir signalisiert, mich noch ein wenig zu gedulden. Der Bordeaux-Rote wendet sich an die älteste Bedienung in dunklem Anzug, die unauffällig in der Ecke stehend den ganzen Raum überblickt. Wieder wird getuschelt und gestikuliert. Ein scharfer Blick und der Herr in rot verstummt und nähert sich meinem Kellner. Ein Tuscheln und ein scharfer Blick und mein Kellner eilt zu mir und meint:

„Aber gerne können Sie an diesem Tisch sitzen, mein Herr, wenn sie mir bitte folgen möchten."

Na also, geht doch. Gefühlte zwanzig Teller, Gläser und Bestecke werden flink vom Tisch geräumt. Dann öffnet sich die Tür zur Küche und ein weiterer schwarz-weiß Gestreifter kommt mit zwei Karten hervor. Als ob er salutieren möchte schlägt er die Hacken zusammen und verbeugt sich devot.

Er murmelt etwas wie „brägel amo", noch nie gehört. Mit elegantem Schwung holt er ein silbernes Feuerzeug aus der Westentasche, entzündet die Kerze auf meinem Tisch und fragt:

„Aperitivo?".

Sprachlich gesehen ein Rückfall in alte Unsitten, inhaltlich kommt die Botschaft aber bei mir an. Mit einem energischen:

„Erst mal ein Pils!"

bekenne ich mich zu meinen germanischen Wurzeln. Er schaut mich konsterniert an. Als er sich nach ein paar Sekunden immer noch nicht rühren will, füge ich erklärend

„Gegen den Durst"

hinzu und deute Verständnis heischend auf meinen Rachen. Scheinbar hilft es. Er murmelt etwas, das der Pfälzer in mir als „Komme se, Desidera" versteht. Mit Schwung drapiert er die nach Wäschestärke riechende Serviette auf den Unterarm, schwingt diesen hinter seinen Rücken und entschwindet in Richtung Küche. Hat was, wie der das macht. Muss ich daheim mal üben.

Ich ignoriere erst einmal die „Carta dei vini" und wende mich dem Menu zu. Schnuppere am roten Einband – ist tatsächlich Leder – und beginne mit in Vorfreude feucht werdendem Gaumen das Studium der angepriesenen Leckereien. Neben mir klappert es. Ich blicke erschrocken auf, der Rote von halb hinten rechts hat einen mit Goldrand versehenes Schälchen neben mich gestellt. Darauf ruht ein Zwei-Euro-Stück großes Leckerli mit Sahnehäubchen darauf. Er säuselt etwas von salmone, crostini und weiteren nach Oper klingenden Wörtern. Ich schaue ihn fragend an.

„Scusa", meint er, und ergänzt: „Lachcrostini mit Meerrettichschaum. Ein Gruß des Hauses."

„Schöne Grüße auch meinerseits", erwidere ich höflich und nasche an dem kleinen Taler. Köstlich!

„Das erste Mal im Emilia Romagna?" fragt der Rote.

Ich bejahe.

„Sie werden es genießen", versichert er und entfernt sich wieder.

Wo war ich stehen geblieben? Bei den Zuppa, richtig. Eine kleine Illustration verrät mir, dass die Zuppa di Lumache aus Schnecken hergestellt wird. Diese Biester zerfressen mir immer den Gartensalat. Könnte mich ja rächen und hier ein paar von ihnen zerfleischen. Wie du meinem Salat, so ich dir. Aber so richtig geheuer sind mir diese kriechenden Schleimlinge nicht. Lieber mal schauen was die Antipasti hergeben.

Neben mir scheppert es wieder. Ein silbernes Tellerchen tanzt auf dem Tisch, mit einem gemurmelten „scusa" entschuldigt sich der Kellner für seinen übergroßen Eifer. Als er ein gülden schimmerndes Pils mit majestätischer Krone auf den Teller stellt, ist ihm alles verziehen. Ich stoße mit mir selbst auf einen gelungenen Abend an, nehme einen kräftigen Schluck und wende mich dann wieder der Speisekarte zu.

„Tris di Carpaccio" wird als Nächstes genannt. Carpaccio! Genau mein Geschmack. Aber was ist „Tris"? Leider habe ich meine Lesebrille daheim vergessen und kann die kleingedruckte Übersetzung ins Deutsche nicht lesen. Aber egal, wird schon schmecken.

Mit dem Carpaccio in meinem geistigen Einkaufskorb blättere ich weiter. Da raschelt es schon wieder neben mir. Ein schwarz-weiß Gestreifter steht neben mir. Den Notizblock in der einen Hand, den Stift in der anderen, schaut er mich mit erhobenen Augenbrauen an.

„Was darf es sein, Signore?"

Sprachlich gesehen ein fairer Kompromiss, vom Timing her allerdings recht unpassend.

„Tris und die Carpaccio" fühle ich mich linguistisch ein. Er zuckt leicht und notiert dann beflissen meine Bestellung.

„Primi?", fragt er.

„Ja, bin zum ersten Mal hier", antworte ich, „hat mich ihr Kollege auch schon gefragt."

„Welcher Zwischengang?", fragt er nach, „Pasta? Risotto? Gnocchi?"

„Nee, " erwidere ich, „heute gibt's was Richtiges: Fleisch!"

Er setzt zu einer Erklärung an, besinnt sich dann aber eines besseren, macht einen Strich auf seinem Block und fragt:

„Secondi? Welches Fleischgericht?"

Ich blättere schnell weiter in meiner Karte und studiere die Rubrik Carne, die großgedruckten Titel kann ich gerade noch so lesen. Manzo alla Nonna klingt nach Enthaltsamkeit und Ossobuco nach Oper. Aber hier, Saltimbocca alla Romagna, gefällt mir, das nehme ich.

„Molto bene!", meint mein Gestreifter und zieht sich zurück.

Ich atme durch und strecke mich ein wenig. Bis auf ein leise tuschelndes Paar im Eck bin ich der einzige Gast. Mit einem weiteren Schluck leere ich mein Pils. Kaum habe ich es abgesetzt, kommt schon wieder ein Kellner zu mir. Diesmal der Rote, scheint sich um eine wichtigere Angelegenheit zu handeln.

Der Wein zum essen, richtig, hätte ich fast vergessen. Ich schnappe mir die „Carta dei Vini." Angepriesen werden Weißweine mit wohlklingenden Namen wie „Bianco di Costoza" und an Bahnhofssäufer erinnernde Rotweine à la „Lambrusco" und „Valpolicella". Da lass ich mich wohl besser beraten. Zum Carpaccio eher etwas Leichteres, meint der Rote und schlägt einen Brusci di oder so vor, ging alles zu schnell, konnte ich mir nicht merken. Soll mild und abgerundet sein, zudem blumig, mit schlankem Körper. Mir also nicht so ähnlich, aber Gegensätze ziehen sich bekanntlich an. Den nehme ich.

Zum Kalb dann eine Note kraftvoller, wegen des Salbeis und des Specks, doziert er. Aber eine gute Note kraftvoller, stimme ich ihm zu. Wie's denn mit dem Sangiovese di Romagna von der Emilia Romagna wäre. Die kenne ich jetzt nicht persönlich, passt aber vom Namen her bestens zum Kalbsgericht. Doc Titel hat er, Castellucio ist der Tropfen auch noch. Ja, der Sangio ist es. Mit einem weiteren „Molto Bene" wird die Auswahl besiegelt.

Königlich umgarnt

Ich rolle meine Schultern, um eine leichte Nackenverspannung zu lösen. Erfordert doch ein bisschen Konzentration, so ein genussreicher Abend! Als ich gerade ausgerollt habe, schwebt eine gigantische Silberplatte vor mir nieder und landet exakt zwischen Gabel und Messer. Dreierlei in feine Scheiben geschnittene Fleischsorten liegen kunstvoll drapiert auf der glänzenden Platte. Na dann mal los, denke ich mir, und greife zum Besteck

„Momentaneamente", meint der Ober und streckt mir wie ein Verkehrspolizist die emporgehobene Hand entgegen. Er faucht etwas in Richtung des jüngsten und kleinsten in der Bedienungsbrigade. Der eilt zum neben dem Kücheneingang aufgestellten Anrichte und holt eine Karaffe Öl. Wie bei einer Teezeremonie gießt er feierlich einen feinen Strahl auf die edlen Scheiben. Als er absetzt schwebt seine Hand einen Meter über meinem Teller. Technisch gesehen eine Spitzenleistung, allerdings würde ich jetzt gerne essen. Meine Gabel zuckt ein wenig vor. Aber die erhobene Hand des Zeremonienmeisters mahnt mich erneut zu Geduld.

Der zweite Gestreifte aus der Bedienungs-Viererkette löst sich nun aus dem Verband und holt Parmesan und einen Hobel. So ausgerüstet baut er sich vor mir auf und lässt feinste Käsescheiben wie übergroße Schneeflocken auf die Fleischscheiben rieseln. Sehr hübsch und echt passend zur

Jahreszeit. Ich blicke schüchtern nach oben. Darf ich jetzt? Ja, tatsächlich, alle Streifen- und Oberhörnchen ziehen sich mit besten Wünschen zurück und ich bin endlich allein mit meiner Platte.

Das Dunkelrote da links ist wohl so eine Art Roastbeef. Am Gaumen umschmeichelt das edle Öl sehr gekonnt den zarten Filetgeschmack. Der Parmesan sorgt für eine feinwürzige Abrundung der Komposition. Sehr fein, da könnte ich doch schon einmal die neun Punkte. Bewertung zücken. Als ich mich gerade dem zweiten Drittel der Köstlichkeit widmen will, naht der Jungkellner mit einer Pfeffermühle, deren Ausmaß an seine Körpergröße heranreicht.

Ob es denn noch ein wenig Pfeffer sein dürfe? Mit etwas Schräglage gelingt es ihm, das Monstrum über meiner Platte zu platzieren. Er dreht und schaut mich fragend an. Einer geht noch, signalisiere ich ihm nickend und er dreht noch eine Runde.

Ich wende mich wieder der nun schwarz gesprenkelten Vorspeise zu. Das in der Mitte ist wohl Ente, stelle ich mümmelnd fest. Sehr aromatisch, allerdings ein wenig zu trocken. Und der letzte Pfefferdreher war doch ein bisschen zu viel. Ich schubse mit dem Messer einige Pfefferkörner zur Seite, als sich etwas neben mich schiebt. Der etwas Ältere ist es. Ob es noch ein wenig Parmesan sein dürfe. Ich will ja keine Arbeitsplätze vernichten, also stimme ich zu und es schneit wieder auf meinen Teller. Nun ist vor lauter schwarzen Punkten und gelblichen Flocken kaum noch was vom Carpaccio zu sehen.

Während ich noch versuche das letzte Drittel meiner Vorspeise frei zu legen, rollt schon wieder etwas klappernd an mich heran. Was ist denn nun schon wieder?

Ein Servierwägelchen ist es, verloren steht mein Achtele Brusci di auf dem riesigen Gefährt. Mit großer Geste wird mir ein Schluck des edlen Tropfens kredenzt. Wie schon einmal im Fernsehen gesehen, halte ich das Glas vors Kerzenlicht und lass den dunklen Wein kreisen. Sieht hübsch aus, man könnte alleine vom Zuschauen einen Schwips bekommen. Da man es von mir erwartet, schnuppere ich noch ein wenig am Glas und lasse zu guter Letzt einen Schluck im Mund kreisen. Feines Stöffchen, denke ich mir, und nicke zustimmend. Zwei weitere Finger des edlen Tropfens werden in mein Glas gefüllt.

Im Herzen der Courtoisie

So – hoffentlich kann ich mich jetzt endlich einmal meiner Vorspeise widmen. Der letzte Teil des Dreigespanns besteht aus mariniertem Kalbfleisch. Auch sehr lecker. Mit einem kräftigem Schluck Brusci di schmeckts noch besser. Nun ist das Glas schon leer, na der war aber rasant im Abgang.

Ein Schatten fällt auf meinen Tisch. Welch eine Ehre! Der Herr in schwarz, seines Zeichens Chef der gesamten Bedienungsbrigade hat sich zu mir bemüht. Ob es denn schmecke? Ja, wirklich, es schmeckt ausgezeichnet! Der Wein auch, danke der Nachfrage. Wohltemperiert, ohne Frage. Ja, ich sitze auch gut. Ob auch sonst alles recht sei. Ja, ja, sehr recht, schöne Grüße auch ans Haus. Schließlich geht er endlich – nicht ohne dem obersten Roten noch kurz zu signalisieren, dass mein Glas fast leer sei. Worauf der dem obersten Gestreiften selbiges vorwurfsvoll zuraunt, der dies weitergibt und das unterste Streifenhörnchen schließlich schuldbewusst nachschenkt.

Dann kehren alle wieder zur Grundaufstellung zurück, eine Kette, an deren Anfang der bedauernswerte Jungkellner steht und dessen Ende leicht versetzt mein Man in Black bildet. Damit ihnen nur ja kein Wunsch meinerseits entgeht, rücken sie alle noch einen Schritt in meine Richtung vor. Die drei Gestreiften verfolgen jede meiner Bewegungen, der Rote passt auf, dass den Gestreiften nichts entgeht und der Schwarze überwacht, dass dem Roten nicht entgeht, was die Gestreiften gerade vermasseln.

Die Vorspeise schmeckt jetzt wie Fondue, auch egal. Ich stopf mir die Fleisch-Käse Pampe in großen Bissen in den Mund und kippe den Rest des Roten nach. Während der in Rotwein ertränkte Kloß noch in meinem Mund kreist, wird schon der Vorspeisenteller entfernt. Vor mir wischt der Unterdödel mit einem Silber-Bürstchen nicht vorhandene Krümel vom Tisch, der Oberunterdödel räumt derweil Glas und Karaffe hinweg, der Hochgediente kümmert sich um den Sangiovese und der erste Oberkellner weist sein Fußvolk auf stilistische Fehler in ihrer Bedienungskür hin.

Links neben mir schwebt ein neues Glas heran, von rechts werden zwei Zentimeter eingeschenkt. Ich schlucke es in einem Zug und nicke. Während der eine noch über meine rechte Schulter hinweg nachschenkt, wird schon von rechts die Saltimbocca gereicht. Der Teller sei sehr heiß, Vorsicht sei geboten. Ach ja, danke für den Hinweis. Kaum beiße ich

16

rein, wird noch ein Extraschälchen Rosmarinkartoffeln gereicht. Danke schön auch. Und noch ein Extraschälchen Bohnen. Sehr freundlich, wirklich. Dann wird mir nachgegossen. Ob es noch ein bisschen Pfeffer brauche? Noch ein wenig Wein vielleicht? Ja, klar, so ein Achtel lohnt ja kaum. Vielleicht eine andere Sorte? Ob der Barchef vielleicht nochmal vorbei schauen solle? Ein wenig Brot vielleicht noch? Eine Flasche Wasser dazu? Vielleicht ein San Bernadetto? Oder ein Acqua Panna?

Panna!

Endlich fällt das richtige Stichwort. Richtig große Panna! Und zwar in die Kopfe! Ich winke den Herrn in schwarz zu mir. In würdevollem Schritt kommt er herbei und fragt, ob es ein Problem gebe. Ja, meine ich, ich würde gerne gemütlich essen.

Was mich denn daran hindere, fragt er nach.

„Sie!", antworte ich. „Sie alle!"

Wie soll man denn genießen, wenn dauernd etwas um den Tisch herum hüpft? Und kehrt? Und streut? Und reibt? Nachschenkt und nachfragt? Sich versichert und dann nachversichert?

Cheffe neigt leicht den Kopf und schaut mich mit dem Blick eines Psychiaters an, dessen Patient gerade von seinen letzten Abenteuern als Kreuzspinne berichtet. Dann macht er einen großen Schritt rückwärts, drückt knapp sein Bedauern aus und verspricht sofortige Besserung.

Er nähert sich dem Roten, der seine Dienstfarbe nach kurzen aber heftigen Rüffeln nun auch im Gesicht trägt. Mit energischen Zischlauten, beordert er die gesamte Bedienungsmannschaft zwei Meter zurück. Die schauen nun hochkonzentriert an mir vorbei. Fest zusammen gepresste Kiefer und Bleistiftstrich dünne Lippen lassen vermuten, dass ich eine seit Generationen bestehende Berufsehre verletzt habe. Vermutlich würde man mir am liebsten einen schwarzen Handschuh zuwerfen und sofortige Satisfaktion fordern.

Ein donnerndes Schweigen erfüllt den Raum. Selbst das turtelnde Pärchen am Ecktisch hat das Gurren und Tätscheln eingestellt und starrt entsetzt in meine Richtung. Mein Besteck klappert laut und unbeholfen. Meine Kaugeräusche scheinen von den Wänden widerzuhallen. In erhöhtem Tempo verschlinge ich das eigentlich vorzügliche Saltimbocca. Dann zahle ich, reiße Giovanni von der Tür meinen Mantel aus den Händen und verlasse gesenkten Kopfes das Etablissement. Sorry allerseits, war irgendwie ein Missverständnis.

Back to the roots

Am nächsten Abend bin ich wieder zurück in meiner Stammkneipe. Theo hat Dienst. Gemütlich liegt er auf seinem Tresen über der Tageszeitung und hat schlechte Laune. Ich nähere mich ganz vorsichtig und bleib dann mit respektvollem Abstand stehen. Schon nach ein paar Minuten entdeckt er mich und knurrt:

„Ja, bitte?"

„Ein Weizenbier, bitteschön", zwitschere ich und freue mich schon auf seine Antwort.

„Was für'n Weizen? Hefe? Kristall? Mit Alk? Ohne?", bellt er.

„Ein helles Hefe, mit Alkohol, wenn's recht ist".

„Da!", meint er und knallt Bier und Glas auf den Tresen.

„Danke vielmals", entgegne ich und lächle ihn an.

Er erwidert mein Lächeln mit einem giftigen Blick und versenkt sich wieder in seine Lektüre.

Ist das schön, wieder zu Hause zu sein!

Non-Wellness

Zur Wellness bin ich über das Gegenteil gekommen: Über die Non-Wellness.

Nur, dass es die eigentlich gar nicht gibt. Ich meine: Niemand würde sagen: Ich gehe jetzt mal zur Non-Wellness, oder? Man sagt einfach: Ich gehe jetzt mal ins Büro. Was meiner Meinung nach genau das Gleiche ist – jede Verwaltung beherbergt ein Arsenal von Unwohligkeiten mit vielen Facetten der Qual.

Nehmen wir als Beispiel meinen Schreibtischstuhl, auf dem ich einen unangenehm großen Teil meines Lebens verbringe. Das Ding heißt Ortho-Well Plus. Das ist in etwa so, wie wenn du einen Trabi *Donnerpfeil* oder die Ekelwurst beim Discounter *Délice du roi* nennst.

Dieser angebliche Well-Plus Stuhl quietscht und ächzt beim Rollen so laut, dass mich bei jeder Bewegung 10 Augenpaare giftig anstarren. So, als ob ich es wäre, der geächzt und gequietscht hätte.

Mein Ortho-Well Plus hat drei Hebel. Diese dienen der Optimierung meines Non-Wellness-Gefühls.

Mit dem Hebel links unter der Sitzfläche ist die Höhe verstellbar. Da kann ich wählen, ob ich so niedrig sitze, dass ich gerade so über die Schreibtischkante reiche. Oder ich sitze so hoch, dass ich beim Schreiben beste Aussicht habe, diese aber nach einem halben Tag Tippen mit durchgestrecktem Arm mit einer Sehnenscheidenentzündung bezahle.

Der Hebel rechts unter der Sitzfläche lässt meine Rückenlehne zurücksacken. Wenn ich ein bisschen zu stark drücke, liege ich wie ein Astronaut fast waagrecht. Nur dass über mir keine Sterne blinken, mich keine Triebwerke erzittern lassen und niemand im Kontrollraum den baldigen Takeoff verkündet. Stattdessen starre ich auf die aus Styroporquadraten zusammengefügte Kassettendecke. An den Ecken sind die Dinger vergilbt. Die sie umfassenden Leisten haben sich an manchen Stellen gelöst. Was wenig anheimelnd aussieht. Also drücke ich den Hebel energisch in die andere Richtung - und schon bin ich in einer Stuhlganghaltung; stark nach vorne gekrümmt kommen die mittlerweile chronischen Rückenschmerzen besonders gut zur Geltung.

Zur Gegensteuerung hat der Ortho-Well Plus noch einen Hebel rechts unter der Sitzfläche. Der ist für die Neigung der Sitzfläche verantwortlich. Drücke ich ihn zweimal nach unten, scheinen sich mir sehr wichtige Körperteile plötzlich in einer Art Kartoffelpresse zu befinden. Bei hektischer Gegensteuerung rutsche ich unweigerlich dem Papierkorb entgegen. Nur ein rascher Griff zur Schreibtischkante bewahrt mich vorm Absturz.

Mein inneres Kind glaubt an eine mögliche Idealeinstellung des Ortho-Well Plus. Die Hoffnung stirbt zuletzt, sagt sich dieser naive kleine Trottel und hört nicht auf an dem Sitz herum zu justieren. Mit dem einen Hebel geht er durch alle Höhen und Tiefen. Mit dem anderen verpasst er sich phänomenale Absacker und Phoenix-gleiche Auferstehungen. Mit dem dritten lotet er alle bekannten und unbekannten Neigungen aus.

Aber nach 10 Jahren Suche nach der rechten Einstellung entlasse ich mein inneres Kind fristlos und ergebe mich meinem Schicksal. Die in der Werbebroschüre angepriesene ergonomisch hochwertige Wohlfühl-Sitzhaltung existiert wohl nur im Geist des Werbetexters. Im real existierenden Funktionalismus hat Bequemlichkeit und Wohlgefühl keinen Platz. Die Rückenschmerzen gehören zum Büroalltag wie das blaue Schienbein zum Fußballer.

„Es ist wie es ist", sagt der in mir wohnende Zen-Mönch und verbringt den Arbeitstag weitgehend bewegungslos auf seinem Ortho-Well Plus. Vor mich hin tippend, ab und an am lauwarmen Kaffee nippend, habe ich mich in die Non-Wellness ergeben.

Die Verheißung

Bis zu diesem schicksalhaften Montagmorgen.

Wie Buddha höchstpersönlich saß ich bewegungslos auf meinem Bürostuhl und versuchte mein Inneres mit den Anforderungen der kommenden Arbeitswoche in Einklang zu bringen.

Mary unterbrach meine Kontemplation. Wohlig räkelte sie sich auf ihrem vor dem Schreibtisch platzierten ergonomischen Sitzball und seufzte:

„Oh, war das gut".

Mary, muss ich kurz erklären, ist in unserer Schadensabteilung für die Buchstaben A-H zuständig. Sie ist hübsch, temperamentvoll und Single.

„Was denn?", fragte Sue, die für die Buchstaben I-P zuständig ist.

„Das Wellness-Wochenende. Hab' mir die volle Dröhnung gegeben: Bäder, Massagen, Peeling. Das war so …!"

An dieser Stelle strahlte Mary, wie nur sie es kann.

„Geil?", fragte Sue nach, um den Satz nicht unvollendet im Raum stehen zu lassen.

„Aber sowas von!", meinte Mary und seufzte noch einmal wohlig. Dann erhoben sich die beiden und gingen kichernd in die Teeküche, um wie immer ihre Frauenthemen untereinander zu besprechen und mich schön draußen vorzulassen.

Ich, (Otto, Buchstaben Q-Z), ließ die Worte in mir nachhallen. Zwischen mir und Mary, mit der ich mir durchaus mal einen netten Abend vorstellen könnte, liegt mehr als die Buchstaben I bis P. Zwischen uns liegt ein Nein zu einer Anfrage, die ich noch nicht mal gestellt habe. Ein unausgesprochenes Nein, das ich durch ein Mehr an Gemeinsamkeiten gerne auflockern würde.

Vielleicht könnte Wellness eine solche Gemeinsamkeit schaffen, überlegte ich. Allerdings ging es in Sachen Badespaß bei mir bislang über ein paar Strandbadbesuche im Hochsommer nicht hinaus. Einfach, weil es dann in Freiburg manchmal so drückend schwül ist, dass es abseits von stehenden oder fließenden Gewässern kaum auszuhalten ist. Kurzes Dippen im schön kühlen Becken ist angesagt, dann Sonnen und Wegdösen. Nochmal Dippen, Sonnen und Wegdösen. Bei sinkender Sonne Weizenbier trinken und Pommes rot-weiß essen. Daheim feststellen, dass Körper auch rot (wo Sonne hinkam) und weiß (wo nicht) ist und eine halbe Flasche Creme auf die verbrannte Haut kippen. Das war's auch schon mit dem Bäderspaß. Ganz okay war das immer; so ca. 6 bis 7 von 10 Punkten auf meiner inneren Wohlfühl-Richterskala.

Aber „sowas von geil" war es nie. Was war also das spezielle an diesem Wellness-Kram, von dem man mehr und mehr hörte? Was ließ meine Mary so wohlig-sinnlich stöhnen?

Die Neugier war geweckt. Das nächste Wochenende widmete ich der internetgestützten Wellness-Recherche.

Tausend- und eine Sinnlichkeit

Eigentlich bin ich ein harter Knochen. Gestählt von täglich verfassten Absagen an gutgläubige Versicherungskunden haut mich nichts mehr so leicht vom Hocker.

Aber bei der Internetrecherche zum Thema Wellness waren schon die ersten Impressionen Wirkungstreffer. Im positiven Sinn, versteht sich: Wie vom fliegenden Teppich aus schaue ich auf eine Welt, die Tausend und eine Nacht wie eine angestaubte Fantasie meiner Großeltern erscheinen lässt:

Eine Dame strahlt mich von der Beckenkante aus an. Ihre Augen funkeln wie Sterne am Nachthimmel. Die makellosen Zähne blitzen im feinsten Weiß, ein sinnliches Lächeln umspielt die Mundwinkel. „Ich warte auf dich", sagt dieses Lächeln.

Einen Mausklick weiter steht eine tief gebräunte Schönheit unter einer Wasserfontäne. Das auf sie prasselnde Wasser sprüht in alle Richtungen. Es kann am Büroalltag liegen, aber so beglückt habe ich schon lange niemanden mehr strahlen gesehen.

Ich lese begeistert von Strömungskanälen und Entspannungsbecken, Whirlpools und Massagedüsen, Cremebädern und Unterwassermusik. Ein kurzer Klick auf das Präsentations-Video und schon umgarnen mich sanfte Klänge; eine karibische Schönheit bringt einem turtelnden Paar zwei Campari Orange, süßer die Eiswürfel nie klingeln.

Die nächsten Stunden verbringe ich mit der Sichtung einer komprimierten Weltreise mit Entspannungstechniken aus aller Herren Länder. In einer Art Vorwaschgang, so erfahre ich, kannst du dich in einem Türkischen Bad von einem Hamam-Meister in einem traditionellen Waschungsritual mit Seifen bearbeiten lassen und dann in marokkanischen Bädern Minztee schlürfen, während Argan- und Safranöl über dich rinnt. Frisch geölt geht es in Badeschlappen weiter nach Japan, wo eine lächelnde Dame im Geisha-Look dich mit Zedernholz und Quarzgetstein umschmeichelt und mit dir in einem Bambusgarten lustwandelt.

Im Tiefflug jagt mein fliegender Teppich über palmenumsäumte Südseegestade, findet dort sich umarmende Liebende, Blümelein zieren ihr Haar, azurblaues Wasser glitzert im Hintergrund. Römische Bäder lassen in mir Fantasien von herrlichen Lastern aufsteigen. Bei der exotischen Massage wird in der Fantasie des Lesers das x schon mal schnell zu einem r. Ob wartende Schönheit am Beckenrand, Karibikperle oder höflich lächelnde Geisha: Sollte Mary sich nicht umgehend für mich entscheiden, empfinde ich ein inneres Ja zu allen drei Möglichkeiten.

Tausend und ein Euro

Zufällig streift mein Cursor die Preisliste. Ich höre mich schlucken. Mein Teppich verliert an Fahrt, klappt in sich zusammen und prallt hart auf den digitalen Fliesen auf.

Einmal „Rubbel den Otto" und 15 € sind weg. Im Fußball will niemand eine Packung kriegen; hier kostet sowas 30 Mäuse. Kommt noch ein heißer Stein drauf; sind's 50 mehr. Ist der Stein edel und aromatisch, verdoppelt sich der Preis. Ein bisschen Aromaöl zum Abschluss und drei weitere 10er wechseln den Besitzer.

Bei der Rundumerneuerung wird dir für schlappe 90 € peelig die Haut abgezogen. Für die Aphrodite-Version mit Granatapfel-Lotion werden 30 € als Antik-Zuschlag berechnet.

Willst du es gar ätherisch, werden die Preise sphärisch.

Steht nach Rose und Lavendel dir der Sinn, legst du noch einen Hunni hin.

In mir meldet sich der im Sparen trainierte Bürokaufmann zu Wort.

„Muss das alles sein?", fragt er. Gehört Öl nicht in die Pfanne und Safran in den Reis? Passt der heiße Stein nicht viel besser zum Steak als zum Otto? Zumal man bei einer Schlingtischbehandlung auch böse Absichten unterstellen könnte und der in deine Haut getriebene Kräuterstempel Assoziationen an Yakuza-Tattos der japanischen Mafia erweckt.

Für so viel Geld, so nölt der innere Kaufmann, kannst du nach Mallorca reisen. Oder an die Riviera. Oder an die Costa del Sol. Das Kosten-Nutzen Verhältnis der von Wellness-Tempeln versprochenen Kurzurlaube erscheint mehr als zweifelhaft.

Was tun?

Sich einigen. Auch dies kenne ich bestens aus dem Versicherungsgeschäft und bringe meine euphorisierte Tausend und eine Nacht-Seite mit dem nüchternen Kaufmann zusammen: Wellness, so beschließe ich, wird erst einmal in einem auch für Normalsterbliche erschwinglichen Thermalbad getestet.

Die in der Nähe gelegene Galenos-Therme verspricht, Körper und Seele für 15 € in harmonischen Einklang zu bringen. Für Begegnungen der welligen Art investiere ich noch zusätzliche 20 € in den Erwerb einer neuen Badehose (bei Caretown; Marke Aloha) sowie 12 € in einen ordentlichen Haarschnitt. Dann geht's los.

Welcome to the pleasure dome

Bei strömendem Regen mache ich mich auf den Weg. Um noch ein schönes Plätzchen zu kriegen, bin ich schon um 10 Uhr bei der Therme. Ich stürme in die Umkleide, entledige mich in wenigen Sekunden meiner Straßenkluft und werfe sie in das Schließfach. Mir den Weg versperrende Kinder umkurve ich geschickt, täusche bei einer fülligen Dame links an und gehe rechts vorbei und schaffe es gerade noch, eine der letzten freien Liegen zu erobern. Nach gutem altem Brauch stecke ich mein Terrain mit Handtuch (auf der Liege), Badetasche (links) und Zeitung (rechts) ab. Teil Eins der Wellness ist geschafft. Ich hebe den Kopf und schaue mich um.

Vor mir liegt das Hallenbad. Links dampft es. Dafür sorgt eine mit Grünspan umrandete Riesendüse, aus der sich Kaskaden von heißem Wasser ergießen. Unter der Düse steht ein Badegast, der sich das heilsame Nass über den Rücken prasseln lässt. Das hatte ich genauso in der Werbung für diese Therme gesehen. Allerdings strahlt der Badegast nicht die Verzückung der schönen Maid vom Prospekt aus. Weil er a.) männlich und b.) über 70 ist. Zudem scheint Verzückung diesem Gast fremd zu sein: Die tief herabhängenden Mundwinkel sehen nicht so aus, als ob sie sich in den letzten 10 Jahren über die Waagrechte hinaus getraut hätten.

Zu seiner Rechten stehen weitere betagte Badegäste in Reih und Glied. Hübsch ordentlich halten sie zwischen sich einen

Meter Abstand. Gelegentlich wird ein nicht mehr ganz taufrisches Körperteil den unter Wasser angebrachten Düsen entgegengestreckt. Es ertönt ein Gong, die ganze Kolonne bewegt sich zu der nächsten Düse. Um sich wieder ein wenig den Wasserstrahlen entgegenzuräkeln, bis der nächste Gong ertönt und wieder geschlossen und diszipliniert zur nächsten Düse vorgerückt wird. Eine Art Synchrondüsen. Im Gegensatz zum Synchronschwimmen wird diese Disziplin ohne Nasenklammer vorgetragen.

Im Becken plantschen Eltern mit Kleinkindern. Zaghaft machen die Kleinen ihre ersten Schwimmbewegungen, ein Küsschen von Mama, eines von Papa. Die Schwimmhilfen an den Armen werden noch ein bisschen mehr aufgeblasen. Mit ein paar Zupfern wird das Gummiband der Unterwasserwindel zurecht gerückt.

Dann gibt es noch Paare ohne Kind. Noch ohne Kind, könnte man sagen, denn die offen zur Schau gestellten Gebärden lassen vermuten, dass bald Nachwuchs kommen könnte. Hübsch beleuchtet stehen sie und er mitten im Wasser und knutschen, als ob sonst niemand da wäre. Sie lässt sich von ihm durchs Wasser ziehen, er lässt sich von ihr die Schultern kneten. Unter der Wasseroberfläche sind die Beine nicht mehr fein säuberlich nach Männlein und Weiblein zu trennen. Wer gut erzogen ist, wendet sich ab.

Ich stehe auf und gehe in Richtung Außenbereich. Zum einen, weil ich gut erzogen bin. Zum anderen, weil die hübschen, alleinstehenden Damen vielleicht Frischluftfanatikerinnen sind und sich draußen tummeln.

Aber auch im Außenbecken ist diesbezüglich nichts los. Wo sind all die sinnlich strahlenden Gesichter, frage ich mich enttäuscht. Wo die Badenixe, die sich aus dem Fluten erhebt und mich anlächelt? Anscheinend ist heute nix mit Nixe. Das Durchschnittsalter ist konstant hoch und fast alle Badegäste scheinen Buddhisten zu sein. Buddha hatte nämlich mal gesagt, dass Leben Leiden ist. Und genau dieses Motto scheint sich in die Gesichter eingegraben zu haben, drückt sich in gesenkten Köpfen und müden Augen aus.

Ich lasse mich im Strömungskanal treiben. Immer neue Gestalten des Grauens tauchen aus den Dampfschwaden auf. Verhärmte Gesichter, tief hängende Tränensäcke. Ich denke an den Film *Fog*, in dem die Untoten aus den Nebeln auftauchen. Eine Portion *Mordor* scheint auch dabei zu sein.

Und ich düse, düse, düse (kein Sauseschritt)

Des Herumtreibens in Nebelschwaden müde stelle ich mich bei den auch draußen installierten Wasserdüsen an. Erst lasse ich den linken Fuß an der über dem Beckenboden angebrachten Düse kreisen, dann den rechten. Dann noch einmal links und nochmal rechts.

Ein älterer Herr mit Turnvater Jahn-Bademütze spricht mich an.

„Hüfte?", fragt er.

Ich schüttele den Kopf und will gerade antworten, als er schon die nächste Frage stellt:

„Knie?"

„Nichts von beiden, ich bin ...."

„Bandscheiben?".

Ich komme nicht zu einer Antwort, der Gong ertönt und die Düsengemeinschaft watschelt zwei Schritte nach vorne zur nächsten Sprudeleinheit. Nun sind die Waden dran. Erst linke Wade kreisen lassen, dann rechte. Der Herr vor mir hat mir seinen behaarten Rücken zugewandt.

„Ich bin einfach so hier", rufe ich ihm zu. „Find's ganz nett, ein bisschen plantschen, ein bisschen düsen...".

Als sich der Düsennachbar zu mir umdreht, zeugt sein mächtiger Bauch für einige Kubikmeter Wasserverdrängung. Sein finsterer Blick verspricht nichts Gutes. Auch das aufgedunsene Gesicht und der zottelige Bart wirken nicht als vertrauensbildende Maßnahme.

„Nett?", fragt er knurrend.

„Na ja", erwidere ich, während ich unter der Wasseroberfläche nochmal von linker zu rechter Wade wechsele. „Schön warm ist's hier. Bei dem Sauwetter ist so ein Düs- und Sprudelspaß gar nicht schlecht, oder?"

Rasputins stechende Augen versengen meine zarte Seele.

„Düs-Spaß? Sprudel-Spaß?" Mein beleibter Düsennachbar dehnt die Silben, als ob er gerade die Namen seiner Todfeinde aussprechen würde. Dann schüttelt er ausgiebig den Kopf und schwimmt davon, Papierschiffchen würden in den von seinem mächtigen Körper erzeugten Bugwellen kentern.

Selbst ist die Wellness

Angesichts Mordor statt Elfenland könnte ich mich jetzt aufregen. Ich könnte zur Rezeption gehen und den Prospekt auf den Tresen knallen.

„Was ist denn das für ein verdammter Beschiss hier?", könnte ich mit drohendem Unterton fragen. „Wo sind denn die im Prospekt gezeigten Badenixen? Und das strahlend blaue Wasser? Und die am Beckenrand servierten Sundowner? Und überhaupt!"

Versicherungsgeschult kenne ich mich allerdings im Beschwerdebusiness bestens aus und weiß, dass sowas gar nichts bringt.

„Madame Weißzahn ist gerade in Urlaub", würde ich vermutlich hören. Oder: „Das blaue Wasser ist uns gerade ausgegangen, aber nächste Woche kriegen wir es wieder rein." Irgend so ein antrainiertes Entschuldigungszeug.

Um mir solche Szenen zu ersparen, schalte ich lieber gleich auf die Geschichte mit dem halb vollen Glas Wasser um. Welcher Teil des Glases hier leer ist, habe ich bereits erfahren (Stichwort: Rasputin, Tränensäcke, Leidensgeschichten). Nun gilt es, mich auf den halb vollen Teil zu fokussieren.

Da gibt es zum Beispiel das Wetter. Der leichte Nieselregen ist unterdessen in einen Regenguss übergangen. Hier im Außenbecken kann man gut die angrenzenden Waldwege übersehen. Spaziergänger fliehen vor den Schauern. Die Mäntel sind durchnässt, Regenschirme blähen sich in nasskalten Windstößen.

Weil ich ja schon nass bin, habe ich im wohltemperierten Wasser hingegen überhaupt keine Angst vorm Nass werden. Wird der Schauer zu heftig, bringt mich ein kurzes Abtauchen aus der Gefahrenzone. Unter der Wasseroberfläche regnet es nicht, stelle ich zufrieden fest. Die dicken Wassertropfen sind nur mehr als ein angenehm sanftes Prasseln zu vernehmen. Halogen-Unterwasserscheinwerfer werfen vom Wasser reflektierte Strahlenkränze. Im gelb-orangenen Licht sieht die Welt friedlich und freundlich aus.

Da ich eh schon unter Wasser bin, inspiziere ich die Düsen. Es gibt sie in diesem Bereich nicht nur seitlich an den Wänden, sondern auch auf dem Beckenboden. Was die Möglichkeit eröffnet, sie mit der Sohle zuzuhalten.

Wieder aufgetaucht, übe ich an einer flachen Stelle ein bisschen. Schön fest zuhalten. Dem Druck so lange wie möglich standhalten und dann schnell wegziehen: Eine prächtige Fontäne saust empor. Ich stelle mich etwas seitlich und halte die Düse zu. Als einer dieser verdrießlich dreinschauenden Spätrentner vorbeikommt, lasse ich los. Schnell wende ich mich ab. Prustende Geräusche hinter mir interpretiere ich als wohlige Gluckser. Wir sind ja alle zum Vergnügen hier, nicht wahr?

In einem der Chill-Bereiche suche ich Zuflucht. Das Gluckern des Wassers erinnert mich an Kindheitstage. Als kleiner Junge liebte ich das Schwimmen auf dem Rücken. Über mir der blaue Himmel. Jubilierende Vögel, die waghalsige Flugmanöver vollführen. In den Ohren das Glucksen und Rauschen des Wassers. So konnte ich mich völlig vergessen, konnte glauben, im Himmel zu sein.

Ich versetze mich in diese gesegnete Zeit zurück und schwimme in Rückenlage mit geschlossenen Augen los. Strecke ich den Kopf unter Wasser, umgibt mich das gedämpfte Gurgeln der Unterwasserwelt. Nehme ich ihn weiter nach oben, höre ich das sanfte Stakkato der aufprallenden Regentropfen. Die Regentropfen im Gesicht sind wie sanfte Tupfen.

Ein Tupfer fällt heftiger aus. Konträr zu den Gesetzen der Schwerkraft trifft er mich am Scheitel.

„Sie müssen schauen, wo Sie hinschwimmen!", rät mir eine Dame mit Sinn für pädagogische Hinweise. Dass sich mein Kopf in ihren vorgestreckten Händen verfangen hat, verzeiht sie mit gütigem Lächeln.

Ich entschuldige mich, schließe wieder die Augen und treibe weiter. Jeder Meter scheint mich meiner Kindheit ein paar Jahre näher zu bringen.

„Pass doch auf, du Depp, du Blöder!", rät mir ein Herr, den ich in Höhe des dritten Rippenbogens ramme. Ihm scheint der Sinn fürs Pädagogische zu fehlen. Sein an meinen Freund Rasputin erinnernder Gesichtsausdruck legt mir nahe, meinen Schwimmstil zu ändern.

Ich folge seiner Anregung und frage mich, wie ich meiner geliebten Rückenlage treu bleiben kann, ohne ungeliebte Kollisionen einzugehen.

Die in mir aufsteigende Antwort empfinde ich als ebenso einfach wie genial: Durch Rückenschwimmen rückwärts! Bei diesem selbst kreierten Schwimmstil ragen die Füße aus dem Wasser und geben die Schwimmrichtung vor. Die Hände paddeln fleißig und sorgen für den notwendigen Schub.

Als ich auf den Strömungskanal zusteuere, beschließe ich dieser schwimmtechnischen Innovation noch eins drauf zu setzen, indem ich nicht nur auf dem Rücken rückwärts, sondern auch noch gegen die Strömung schwimme. Eifrig paddelnd nehme ich meine über dem sprudelnden Wasser aufragenden Fußspitzen als Navigationshilfe. Taucht der Beckenrand vor meinen Zehen auf, gilt es kräftig in Gegenrichtung zu paddeln. Taucht ein runzliges Gesicht genau zwischen den beiden Füßen auf und treibt strömungsbedingt wie eine Rakete auf mich zu, paddele ich energisch nach rechts und lasse den Badegast um wenige Zentimeter an meinem Knöchel vorbeisausen.

Füße neu ausrichten ist angesagt, denn nun saust ein kleiner Balg auf mich zu, dem ich mit einer Art Eskimorolle entgehe und meine Fußspitzen schnell wieder auf Fahrrinnenmitte ausrichte. Zwei nebeneinander schwimmende Damen treiben nun auf mich zu. Trotz heftigster Armstöße misslingt das Ausweichmanöver. Ich kollidiere mit etwas sehr Weichem, verschlucke mich und beschließe Entschuldigungen brabbelnd meinen „rückwärts Rückenschwimmen gegen die Schwimmrichtung-Guiness-Weltrekordversuch" auszusetzen.

Die oberhalb der Wasserfläche erklingenden Schimpfkanonaden treiben mich wieder in die Arme der

Unterwasserwelt. Tauchend entfliehe ich dem Ort meines Weltrekordversuchs und biege noch unter Wasser in ein Whirlpoolbecken ein. Wie Rambo auf der Flucht nähere ich mich der Wasseroberfläche ohne jegliches Geräusch, nur Nasenspitze und Augen ragen aus dem Wasser.

Ein Blick nach links. Einer nach rechts. Angeregt nach links lauschen: Im Whirlpool nebenan unterhält man sich über Arthrose. Niemand erwähnt einen Schwimm-Raudi. Angeregt nach rechts lauschen: Im Becken auf der anderen Seite geht es um Kernspintomographie. Auch hier wird kein Zwischenfall erwähnt. Ich tauche ein Stück weiter auf. Entwarnung. In diesem Becken bin ich alleine; ungehindert kann ich mich wieder meinen inneren Wellnesswelten öffnen.

Wasser schwappt in Wasserrinne. Wieder und wieder. *„Use your Imagination"*, sagt die süße Mary immer, wenn der Büroalltag ein wenig fantasievolle Umdeutung erfordert. Ich folge ihrem Rat und lasse das Schwappen wie Meeresrauschen klingen. Die von einer Wärmelampe angestrahlte Yucca wird durch meine Gestaltungskraft zu einer Kokospalme. Das orthopädiezentrierte Murmeln in den Nachbarbecken träume ich mir zu sinnlichen Strandgesprächen um. Nun fehlt nur noch die Caipirinha.

Ich hebe die Hand und winke nach der Bedienung. Aber hier scheitert die Imaginationskraft. Wie die Blätter der Yuccapalme wedelt meine Hand im nasskalten Wind hin- und her. In genau gleichem Ausmaß wird sie von nicht vorhandenem Bedienungspersonal nicht wahrgenommen.

Ich gebe mir einen Ruck, gehe ins Restaurant und bestelle mir den Drink. Mit geschlossenen Augen sauge ich am Strohhalm, lasse den Zuckerrohrschnaps am Gaumen kreisen und schlecke genießerisch den Rohrzucker vom Cocktailglas. In meinen Ohren gluckst es noch. Die Fußsohlen prickeln von den zurückgehaltenen Wasserkaskaden.

„Gar nicht so schlecht, die Wellness", denke ich mir, „man muss nur manchmal ein bisschen nachhelfen."

Mary Montag

Am Montag sitze ich wieder auf meinem Ortho-Well-Plus.

Als Mary und Sue endlich eingetroffen sind, räkele ich mich ausgiebig und grunze wohlig.

Sue und Mary schauen kurz auf, wenden sich dann aber mit einem Kopfschütteln der Sichtung der für sie bereitgelegten Aktenberge zu.

„Aaaahhhh", versuche ich es noch einmal, falte die Hände und strecke die Arme nach oben. Mein Ortho-Well unterstützt mein Heischen nach Aufmerksamkeit mit vernehmlichem Quietschen.

„Is was?", fragt Mary und mustert mich mit schiefgelegtem Kopf.

„Und wie. War so was von toll, das Wochenende!". Soweit es der Montagmorgen zulässt, lasse ich ein sinnlich beglücktes Lächeln in meinem Antlitz erstrahlen.

„Hat der Sportclub gewonnen?", fragt Mary.

„Keine Ahnung. Hab mir einfach auch mal so ein Wellness-Wochenende gegönnt. War ein Supertipp von dir".

„Du? Gleich ein ganzes Wochenende?", fragt Mary. Sie sieht aus, ob sie in ihrem Inneren gerade die Neubewertung eines Falls vornehmen würde.

„Wenn schon, denn schon. Du kennst das ja: Arganöl und Kräuterstempel, heißer Stein und Ölguss – das volle Programm. War sowas von …"

Verträumt schaue ich an meinem Aktenberg vorbei und streiche über meinen Arm, als ob sich dort noch ein Rest der wohligen Wärme befinden würde.

„Hätte ich dir gar nicht zugetraut", meint Mary. In ihren Augen ist Erstaunen. Erstaunen und ein feines Glimmen.

„Tja", meine ich.

Euphorisiert vergesse ich für einen Moment den Zustand meines Ortho-Well Plus und wende mich mit einem eleganten Schwung meinem Aktenberg zu. Tief im Inneren des Stuhls verborgene Gelenke schreien auf. 9 Augenpaare starren mich vorwurfsvoll an, nur das von Weber fehlt noch, der ist noch im Stau.

Aber all die vorwurfsvollen Blicke prallen von mir ab.

Ich habe eben ein Glimmen in Marys Augen sehen. Und dieses Glimmen ist ausbaufähig, das spüre ich, da könnte ein Feuer draus werden.

...den Verpackungen

In meinem Lieblingskinderbuch gab es einen gewissen Herrn Lefuet. Der hat dem Tim sein Lachen abgeschwatzt. Richtig reingelegt hat er ihn. Ich war als Kind empört und bin es immer noch.

Der Fairness halber muss man sagen, dass Tim als Gegenleistung für sein verkauftes Lachen jede Wette gewann. Aber was hilft der Wetterfolg, wenn die Lippen zusammengepresst sind und das Herz trocken bleibt? Wenn selbst der dezenteste Freudengluckser einem verwehrt ist, weil Herr Lefuet die Exklusivrechte dafür erworben hat? Nichts! Rein gar nichts!

Was das mit Verpackungen zu tun hat? Also, das ist so: Dieses Kinderbuch wurde Anfang der 60er geschrieben. Damals hatten die Molkereien noch eigene Verkaufstheken. Wollte man Butter, wurde einfach mit dem Holzlöffel ein ordentliche Portion aus dem Fass gekratzt und – Batsch! – auf ein Stück Papier geklatscht. Was der Tim unästhetisch fand. Könnte man, so dachte er laut nach, Butter nicht ein bisschen hübscher anbieten?

Sein Begleiter war von der Idee sofort begeistert und entwickelte eine Silberverpackung – die Markenbutter war geboren! Erinnerst du dich, wie dieser Begleiter hieß? Lefuet, genau. Jetzt lies das mal rückwärts: T-e-u-f-e-l! Weil dieser Lachaufkäufer tatsächlich der Satan ist! Und in welcher Branche arbeitet er? In der Verpackungsindustrie! Womit nahe liegt, dass eine kausale Beziehung zwischen höllischen Mächten und Verpackungen besteht! Eine These, von der ich bis heute zutiefst überzeugt bin.

Du willst Beweise? Kommt sofort. Da der Teufel verpackungsmäßig gesehen in unterschiedlichen Formen auftritt, habe ich die diabolischen Umhüllungen fein säuberlich verschiedenen Kategorien zugeordnet. Dann habe ich Minuspunkte für die unsinnigsten Verpackungsformen aufgelistet und schon war sie fertig: Die Hitparade der übelsten Verpackungen! Here we go:

Platz 10: Die Klumpen

Kennst du das? An der Fleischtheke gibt es diesen ebenso teuren wie super-leckeren spanischen Schinken. Eine Weile ignorierst du ihn einfach und kaufst die billigeren Sachen außen rum: Fleischwurst aus der Region. Pfälzer Leberwurst. Salami-Aufschnitt im Angebot.

Dann spürst du dieses Ziehen in dir und merkst, dass es kein inneres Ja zu dieser Auswahl gibt.

„100 Gramm Pata Negra", hörst du dich wenig später selbst sagen und freust dich, dass der geliebte kleine Fresssack in dir sich wieder mal durchgesetzt hat.

„Darf's ein bisschen mehr sein?", wirst du eine knappe Minute später gefragt.

„Nein, eher weniger", hörst du nun dein inneres Controlling fordern, der Intimfeind des kleinen Fresssacks. Bei 10 € für 100 Gramm muss man schon einmal deutlich werden, meint diese Kontroll-Instanz, und bringt dies mit scharfer Stimme zum Ausdruck. Mit einem gekünstelt wirkenden Lächeln versuchst du, zwischen den beiden in dir wohnenden Instanzen zu vermitteln.

Dann gibst du Gas. Saust über Gelb, nimmst die Einfahrt daheim ganz eng, springst die Treppen hoch und fischst sofort den spanischen Edelschinken aus der Tasche. Noch schnell das Oliven-Ciabatta anrösten und los geht's.

Feierlich wickelst du den Pata Negra aus dem Papier und findest – einen Klumpen.

Philosophisch gesehen ist das durchaus lobenswert: Das Getrennte hat wieder zum Ganzen zurückgefunden.

Gourmantisch gesehen ist es hingegen eine Katastrophe: Du musst nun deine Briefmarkenlupe holen und Kuchengäbelchen, Pinzette, Obstmesser und Frischhaltefolie bereit legen. In der folgenden halben Stunde sezierst du den vor dir liegenden Klumpen. Mit archäologischer Sorgfalt legst du Schicht um Schicht frei, hebst die hauchdünnen Scheibchen vorsichtig auf die Folie und schlägst sie ein; Stückchen für Stückchen. Wenn du fertig bist, kannst du dir deine kleine Gourmet-Vesper abschminken. Es ist Zeit, die Kids von der Schule abzuholen und dann die Fischstäbchen mit Pommes in den Ofen zu befördern.

Platz 9: Die Elitären

Normalerweise besticht der Inhalt durch exquisite Qualität. Die Verpackung liefert hierfür nur den passenden Rahmen. Bei den elitären Verpackungen ist etwas in dieser

Hackordnung durcheinander geraten. Die Verpackung ist sozusagen auf den Narzissmus-Trip gekommen und drängelt sich vor.

„Nimm mich!", scheint sie dir zuzuflüstern. „Den Rest kannst du eh vergessen."

Womit sie, könnte sie denn wirklich sprechen, in gefühlten 80% der Fälle richtig läge.

Denn die an Kunstdrucke erinnernde Pralinenschachtel mit dem Wasserschloss drauf ist allemal edler als der in ihr enthaltene Süßkram.

Das in Sommerfarben gehaltene Porzellan-Schraubglas hat wirklich Chancen, in deinem Haushalt dauerhaft einen Platz zu finden. Die darin enthaltene Paté de Campagne sitzt hingegen ihre Zeit bis zum Ablauf des Verfallsdatums ab. Dann geht's ins Klo.

Und auch die anscheinend von einem Silberschmied hergestellte Lebkuchendose mit den barocken Ornamenten ist aus dem Küchenregal nicht mehr wegzudenken. Die nach Gewürzregal schmeckenden Klebetaler wurden hingegen als Mitbringsel beim Kindergeburtstag fachgerecht entsorgt.

Meine Empfehlung für Supermarkt-Manager: Vergesst die hinter der Kasse bereitgestellten Container für nicht mehr benötigte Verpackungen! Schafft Entsorgungsmöglichkeiten für nicht benötigte Inhalte!

Platz 8: Der Rätselspaß

Früher dachte ich, dass die auf Verpackungen aufgedruckten Pfeile die Lasche zum Öffnen anzeigen würden. Heute weiß ich, wie naiv diese Annahme ist. Solche Pfeile sind bestenfalls ein hypothetischer Verweis. So im Sinne von:

„Könnte sein, dass diese Schachtel an dieser Stelle aufgeht. Könnte allerdings auch sein, dass dem nicht so ist."

Nach Jahren des Studiums solcher Verpackungen weiß ich, dass man einfach per Zufallsgenerator eine Ecke ausgesucht und dann einen Pfeil drauf geklebt hat.

Der Weg ist das Ziel, sollte sich der Kunde sagen, während er wie ein Blinder an zugeschweißten Packungen entlang tastet und sich die Fingerspitzen an Plastikkanten aufreißt. Er sollte den taktilen Erlebnispfad mit ungewissem Ausgang als eine Metapher für das Streben nach dem Sinn des Ganzen verstehen. Als eine in die Neuzeit verlegte Suche nach dem goldenen Vlies. Die Meeresengen der Antike sind die unzugänglichen, scharfen Kanten der Industrieproduktion. Die dich fehlleitenden Sirenen sind heutzutage das unter deinen Fingern quietschende Plastik, das dir den Zugang zum Glück verweigern will. Der in wenigen Millimeter großen Buchstaben aufgedruckte Hinweis für die Öffnung einer Verpackung gleicht den kryptischen Prophezeiungen eines Orakels. Mysteriös! Geheimnisvoll! Unerklärlich!

Platz 7: Die Rache der Verkäufer

Bislang haben wir uns nur der technischen Seite des Verpackungsdebakels gewidmet. Aber das ist natürlich unfair. Es sind MENSCHEN, die Verpackungen erfinden. Es sind MENSCHEN, die ihr ganzes Leben auf die Konzeption von immer abgefahreneren Verpackungen ausgerichtet haben! MENSCHEN, die einen Haufen Geld mit dem ganzen Scheiß verdienen, während die Meere im Müll ersaufen und schon ganze Landschaften auf den Müllbergen der Vorfahren aufgebaut sind.

Was auch dem kleinen Verkäufer nicht entgangen ist. Der darf eine gute Stunde vor Arbeitsbeginn unentgeltlich Waren auspacken und nach der Arbeit „ehrenamtlich" Kartonagen und sonstigen Müll entsorgen. Dazu soll er 8 Stunden am Tag dem Kunden in das Gefühl geben, ein König zu sein. Mit Dauergrinsen, höflichen Floskeln und super- akkuratem Einpacken der gekauften Schätze.

„Das Papier schön ordentlich zusammenfalten", befiehlt der Bezirksverkaufsleiter, wenn er mal wieder einen seiner Horrorbesuche abstattet.

„Die Tüte noch liebevoll glattstreichen", ordnet er an. „Das gibt dem Kunden das Gefühl, dass er etwas Kostbares gekauft hat."

Und das ganze Theater soll der kleine Angestellte für 10€ (Brutto 6,80€) veranstalten? Während die Verantwortlichen dieses Verpackungs-Hokuspokus reicher und reicher werden! Und sich Madame und Monsieur Kundenkönig aufführen, als ob sie von ganz weit oben auf die hart arbeitende Bevölkerung herabschauen würden!

Pustekuchen! Verpacken ist das ideale Instrument für Frustabfuhr. Brot in die Tüte schmeißen, Doppelknoten drauf und schön fest zuziehen. Oder Preisetikett auf das Plastik donnern und dann die Tüte mit einer wahren Salve von Klammern zutackern.

Gezirpte Sprachblase für die womöglich irgendwo versteckte Kamera:

„Einen schönen Nachmittag wünsche ich! Besuchen Sie uns bald wieder!"

Geknurrte Denkblase:

„Dann schau mal, wie du das mit deinen zarten Büro-Fingerchen aufkriegst, arroganter Schnösel, blöder."

Platz 6: Die Ekligen

Bei den ekligen Verpackungen stellen sich bei jedem halbwegs sensiblen Gemüt Würge-Gefühle ein:

Da liegt ein Brathähnchen vor dir. Durch modernste Qualzuchtverfahren ist das Gewicht des Tiers in nur sieben Wochen auf das sechzigfache angewachsen. Der vom Hals noch übrig gebliebene Hautfetzen wird von der den Leichnam umgebenden Plastikfolie plattgedrückt. Fasst du die Ekelpackung an, umschmeichelt Styropor deine Hände. Jede weitere Berührung erzeugt ein Quietschen, das dir Schauer über den Rücken laufen lässt.

Neben dem Qualzuchtopfer liegt ein Schäufele. Ebenfalls eingeschweißt. Die Fettstücke sind gut zu erkennen, Daumenbreit sind die. Da das Fleisch der armen Sau bei der Turbomast jegliche Festigkeit verloren hat, ist der Fett-Wasserbrocken schön ordentlich eingeschnürt. Eine weiß-gelbliche Flüssigkeit hat sich in der Packung gebildet. Wenn du draufdrückst, bilden sich lustige Blasen. Solltest du wirklich auf die Idee kommen, diesen Batzen zu kaufen, läuft die Soße nach dem Aufschneiden schön langsam raus. Du kannst das Speisesalz und das Natriumnitrit riechen, deine Finger ertasten die schleimig-fettige Konsistenz.

Willst du doch nicht kaufen, meinst du?

Lieber vakuumverpackter Bückling, bei dem die toten Augen so schön zu sehen sind?

Oder eingeschweißte Ekelwürstchen? Mit bis zu 30% Fettgehalt? Wenn du die Packung in die Hand nimmst, kannst du in nur drei Minuten die Auflistung von wertvollen Inhaltsstoffen durchgehen. Glutamat und Glutaminsäure ist dabei. Kalziumdiglutamat und Mononatriumglutamat auch. Mit ihren lustigen Kürzeln E 620 bis E 625 klingen die Zutaten ein bisschen wie Pflanzenschutzmittel.

Und jetzt?

Ich empfehle Hürdenlauf. Einkaufswagen einfach stehen lassen. Schön federnd anlaufen und dann mit einem Satz über die Eingangsschranke des Supermarkts setzen. Vor dem schwarz-weiß gekleideten Herren mit der Rambo-Visage mit ausgebreiteten Armen einen Veitstanz aufführen, damit der sieht, dass du nichts geklaut hast. Und dann einfach weiterlaufen, irgendwo ins Grüne…

Platz 5: Die Lügner

Mogelpackungen sind wie Politiker: Sie geben etwas vor, was nicht stimmt, machen das aber mit so viel Ausdauer und Elan, dass man irgendwann das Trugbild für die Wahrheit hält.

Nehmen wir als Beispiel mal die klassische Müslitüte. Das Produkt verspricht „Tausend Körner-Glück" und soll angeblich eine handverlesene Mischung von Bio-Cerealien, Bio-Beeren, Bio-Nüssen und Bio-Sonstwas sein. Das obere Drittel der Packung verspricht ein ordentliches Mischverhältnis zwischen langweiligem Korn und leckeren Zusätzen. Für so viel Gesundheit und Geschmack kann man schon einmal 10 Euro hinblättern, denkst du, und schreitest mit der Packung im geflochtenen Körbchen zur Kasse.

Daheim stellst du dann fest, dass der Handverleser in der Bio-Firma gemogelt hat. Mit seiner Schaufel hat er erst einmal ausschließlich Getreide in die Packung gefüllt. Was der Kunde nicht sehen kann, weil da das Etikett mit der lachenden Sonne und der glücklich herum springenden Familie drauf ist. Damit es oben schön bunt ist, hat er dann das kleine Schäufelchen genommen und ein paar Alibi-Beeren und Nüsse oben drauf gestreut. Ganz schön link, oder?

Platz 4: Die Dünnhäutigen

Bleiben wir ruhig mal bei der Müslitüte. Früher, als alles noch gut war, konnte man solch eine Tüte nach Verzehr zum Einpacken der Pausenbrote verwenden. Die hielt und hielt! Irgendwann kam ein Unternehmer auf den Gedanken, an der Verpackung zu sparen. Er halbierte die Dicke der Umhüllung und siehe da – mit der gesparten Summe konnten er sich endlich seinen Zweit-Lamborghini leisten. Die Konkurrenz wollte da natürlich nicht hinten anstehen und verdünnisierte die Verpackung noch mehr. Und so ging das weiter und weiter, bis die durchschnittliche Plastiktüte nur noch 0,05 Millimeter dick war!

Was du bei Müslitüten taktil erfahren darfst. Kaum fasst du sie mit spitzen Fingern und angehaltenem Atem an, bildet sich schon ein Riss. Zupfst du dann vorsichtig am Mettallverschluss, bildet sich eine Art Laufmasche und der Riss saust nach unten. Da hilft nur schnelles, entschiedenes Handeln, denkst du! Mit links Griff zum Schraubglas im Regal; mit rechts die schon halb kollabierte Tüte packen und

 - schon liegt das Müsli weitflächig auf der Küchenanrichte!

Während du noch über die vor dir ausgebreitete Vielfalt staunst, kullern Nüsse bereits in Richtung des kleinen Spalts zwischen Küchenschrank und Wand. Munter stürzen sich die kleinen Dinger über die Kante und landen 80 cm tiefer auf dem Boden. Genau dorthin, wo keine Staubsauger-Düse hinkommt.

Die Frage, was du mit dem angebrochenen Samstagnachmittag anfängst, hat sich damit erledigt.

Küchen-Aerobic ist angesagt: Schön flach auf die Arbeitsplatte legen, Arm ganz lang machen und mit den Fingerspitzen nach den Zutaten fischen! Statistisch gesehen brauchst du ca. 5 Minuten, um eine abgestürzte Haselnuss zu ertasten, zwischen Zeige- und Mittelfinger zu klemmen und vorsichtig nach oben zu befördern. Wenn du dich ranhältst, kannst du die Bergungsarbeiten bis zur Sportschau abgeschlossen haben!

Beim Kauf von Buttermilch bietet die Verpackung eine doppelte Chance für spannende Überraschungen. Hält wider Erwarten der Plastikbecher, gibt es ja noch den Deckel. Der ist so um die 38 mic dünn. Wobei man wissen muss, dass ein mic nur $1.0 \times 10+18$ yoctometer oder $1.0 \times 10+15$ zeptometer dick ist. Also krass dünn und damit hoch sensibel. Tippt die Kassiererin mit den irren Fingernägeln einmal auf den Deckel, reicht das schon, um einen kleinen Riss im Deckel zu verursachen. Unbemerkt vom Käufer weitet sich der kleine Riss in der Einkaufstasche weiter aus - und schon hast du den vom Supermarkt versprochenen Spaß für die ganze Familie. Nach Entdeckung des Malheurs kümmert sich Papa um die Reinigung des säuerlich stinkenden Autos, Mama schrubbt die weiße Soße von Gemüse und Fleisch, die Kleinen dürfen sich um die im Becher verbliebenen Buttermilchreste balgen und Maunzi-Paunz kriegt die besudelte Stofftasche zum Ausschlecken. Ist doch für alles was dabei! Nun muss man nur noch den am Abend erwarteten Gästen erklären, warum das Lamm mit Prinzessböhnchen nach Buttermilch schmeckt. Vielleicht ja mit französischem Akzent:

„Ah oui, chérs invités, das ist der letzte Schrei der Nouvelle Cuisine, agneau avec haricots dans sa sauce babeurre, c'est chic, c'est moderne!"

Platz 3: Die Verweigerer

Die Verweigerungspackungen wollen einfach ihren Inhalt nicht rausrücken.

„Mich anschauen darfst du", scheinen sie dir zu sagen zu wollen, „aber glaub bloß nicht, dass du an mich rankommst."

Unlängst war ich mit meiner neuen Freundin Rosi in der Stadt unterwegs und habe solch eine Verweigerungspackung kennengelernt. Uns war das Rumbummeln langweilig geworden. Also musste ich sie notgedrungen zu einem Snack einladen. Da der Kontostand wie üblich im Keller war, reichte es nur für eine große Pommes, für sie mit Beilagensalat, für mich ohne.

Ich schnappte mir die auf dem Tisch stehende Flasche Ketchup, öffnete den Drehverschluss und drehte die Flasche auf den Kopf. Hielt sie direkt über die Pommes. So saß ich eine Weile da. Rosi mümmelte ihren Salat und beobachtete interessiert, wie ich die Flasche eine gute Minute über den Teller hielt. Mein Arm wurde schwerer und schwerer, die Pommes kühlten so langsam ab. Es galt, zu handeln.

Ich erinnerte mich an den Chemieunterricht. Da hatten wir mal thixotropische Flüssigkeiten behandelt. Hatte nichts mit Kokosmilch zu tun, sondern mit Konsistenz: Diese Thixo-Flüssigkeiten, so lernten wir, bewegen sich erst, wenn man sie schüttelt.

Also drehte ich die Flasche wieder um. Um mir Ärger mit Rosi und anderen Gästen zu ersparen, schraubte ich erst wieder den Verschluss auf die Flasche und begann dann zu schütteln. Von links nach rechts, von rechts nach links, dann diagonal, schließlich heftig rauf und runter. Als kleine Showeinlage warf ich die Flasche kurz hoch und fing sie mit der andern Hand wieder auf. Dann Deckel wieder abschrauben, Flasche umdrehen, über die Pommes halten und warten. Rosi schlürfte ihre Salatsauce aus der Schale und sah mir weiterhin interessiert zu. Ich richtete meine ganze Aufmerksamkeit auf den Flaschenhals. Der Arm wurde wieder schwerer. Nichts geschah.

Bei thixotropischen Flüssigkeiten sind die Moleküle miteinander verhakt, hatte der Chemielehrer damals erzählt. Schütteln ist ein Weg, um sie zu lockern. Klopfen, ein anderer. Also klopfte ich. Ganz lässig an der Seite der Flasche. Dann etwas fester auf den Flaschenboden. Rosi war jetzt bei ihren Pommes angelangt, mümmelte und schaute mir zu. Ich gab der Flasche noch einen Klaps, so wie ich ihr manchmal einen gebe und zwinkerte ihr zu. Das Ketchup blieb in der Flasche. Mein Arm wurde noch schwerer. Eine gewisse Ungeduld machte sich in mir breit.

Ich begann, in Intervallen auf den Flaschenboden zu schlagen. Immer dreimal, dann Pause. Dreimal und Pause. Dreimal und Pause. Nichts geschah. Rosi war unterdessen mit ihren Pommes durch und tupfte mit dem Finger Salzkörner aus der Pappschale. Mit leicht schläfrigem Blick schaute sie mich, die Flasche, die Pommes und dann wieder mich an.

Ich erhöhte die Schlagfrequenz. Wie die Jungs in den Achter-Ruderbooten. Und eins, zwei, drei, vier. Und eins, zwei, drei, vier. Nichts geschah. Also eine Sechser-Frequenz. Und eins, zwei, drei, vier, fünf, sechs. Und eins, zwei, drei, vier, fünf, sechs. Dranbleiben. Nur nicht aufgeben. Wir schaffen das, hörte ich Angie aufmunternd sagen. Und eins, zwei, drei, vier, fünf, sechs. Und eins, zwei, drei, vier, fünf, sechs.

Die Jungs am Nebentisch schüttelten den Kopf und gingen. Eine Tussi zwei Tische weiter deutete entnervt auf ihr Handy und verschwand ebenfalls.

Ich gab nicht auf. Wechselte von eins, zwei, drei, vier, fünf, sechs zu Zehner-Schlagserien. Dann zu Zwanziger-Sequenzen. Mein Atem ging schneller, die Handfläche fühlte sich leicht taub an. Aber ich blieb dran und drosch weiter auf die Flasche ein. Als ich mal kurz aufschaute, merkte ich, dass Rosi verschwunden war. Egal, weitermachen. Eins, zwei, drei, vier, fünf, sechs.... Und schneller. Und härter. Langsam wurde es dunkel. Irgendwann war ich alleine. Nur ich und die Flasche. Dann kam die Belegschaft. Sie räumten den Teller mit den kalten Pommes weg, wischten die Tische ab und ließen die Rollläden runter.

Aber das zählte nicht, ich schaute nicht hin, verstand nicht, was sie sagten. Das Blut rauschte in meinen Ohren, meine Muskeln brannten, Krämpfe schüttelten mich. Mit einem Schrei mobilisierte ich meine letzten Kräfte, packte die Flasche mit beiden Händen und zerschmetterte sie auf dem Tisch. Der Dicke neben mir wollte mich packen, aber ich riss mich los, tauchte den Finger in die klebrige Masse und streckte ihn triumphierend in die Höhe. Die Tassen in den

Regalen vibrierten von meinem Siegesschrei, ich ließ mich fallen, tauchte beide Hände in das Rot, mein Schrei ging in ein glückseliges Glucksen über, ein letztes Mal gelang es mir, den nach mir greifenden Händen zu entwischen, torkelnd presste ich meine verschmierten Hände auf alles, was mir in den Weg kam, hinterließ patschend klebrige rote Spuren meines Sieges....

Platz 2: Die Gemeingefährlichen

„If you want blood – you've got it". Verkündet die australische Hardrockband ACDC. Was der ideale Slogan für die gemeingefährlichen Verpackungen wäre.

Dass man winzige Spielzeugautos in monströse Verpackungen einschweißt, hat ja noch seine Logik: Das bisschen Spielzeug muss halt durch eine Menge drum herum aufgepeppt werden. Warum dieses Drumherum aber aus messerscharfem Plastik bestehen muss, bleibt das Geheimnis der Marketingstrategen.

Wenn du Glück hast, bleibst du beim Einsatz von Schere, Fleischmesser und Hackebeil noch unverletzt. Passiert zwar nicht so häufig, kommt aber immer wieder mal vor. Dann lauern aber schon die aufgerissenen Plastikanten auf dich. Einen Moment überlegst du dir, ob Kleinchen mit den süßen Patschihändchen nicht besser durch den frei geschnittenen Spalt langen könnte. Aber das wäre Kindeswohlgefährdung, so was ist strafbar. Du machst die Hand schön klein und fischst nach dem Mikroauto, das feine Ritzen auf deinem

Handrücken nimmst du gar nicht wahr – und schon rinnt der rote Saft.

Verschwörungstheoretiker gehen davon aus, dass es eine geheime Absprache zwischen der Verpackungsindustrie und Herstellern von Verbandsmaterial gibt. Aber als positiv denkender Mensch lehne ich solche Theorien ab. Ich bin da lieber pragmatisch und plane den Einsatz dieses Verpackungstyps als Nahkampfwaffe im Bürokrieg.

Gegen Bernd, zum Beispiel, der immer um meinem Schreibtisch streicht, mir mit blödem Geschwätz wertvolle Zeit klaut und von meiner Schokolade nascht, sobald ich nur fünf Minuten weg bin. Bernd mag so ziemlich alles Naschbare, das weiß ich. Also auch Erdnüsse. Wenn ich solch eine Dose auf meinen Schreibtisch stelle und den messerscharfen Deckel nur einen Zentimeter aufziehe... Gerade so weit, dass man glaubt, mit zwei Fingern schnell rein greifen zu können...

„Bin gerade mal kopieren...", könnte ich dann zu Bernd sagen, wenn der mich mal wieder nervt. Alles weitere wäre dann Schicksal, da hätte ich nichts mit zu tun.

Platz 1: Die Fatalen

Bei den Fatalen geht es nicht nur um ein bisschen Ekel oder Ärger um ewiges Rumfummeln. Eine fatale Packung bringt dich in existentielle Nöte, aber so richtig.

Ein Klassiker dieser Kategorie ist die Corned Beef Dose. Ausgestattet mit einer metallenen Lasche und auf die Dose geklebtem Drehschlüssel werden die Dinger als Kombilösung von Packung und Öffner dargeboten. Also super geeignet für den Rucksack-Trip zum entlegenen Bergsee. Der Dosenöffner kann zuhause bleiben, ein Ding weniger, das man herumschleppen muss. So glaubt man zumindest. Rein mit dem Ding in den Rucksack, noch eine Packung Salzstengel und zwei Büchsen Bier dazu, und schon geht's into the Wild.

Nach den üblichen Erfahrungen (Sonnenbrand im Nacken, von Schnaken zerbissene Knöchel und streikende Beine) sitzt man am Abend mit vernehmlichem Knurren im Magen auf einem Stein am Rande des blau-grün schimmernden Bergsees. Die Dose Corned Beef hat man direkt vor sich und beginnt den Drehschlüssel in die Metalllasche am Rand der Dose einzuführen. Dann schön langsam drehen. Aber schon bei der dritten Umdrehung will das aufgezwirbelte Mettallband nicht mehr am Drehschlüssel haften bleiben und findet es viel lustiger verschlungene Metallspiralen zu bilden. Was du dir natürlich nicht bieten lässt und verbissen weiterdrehst. Bis es „bling" macht und der Schlüssel abbricht.

Tief ausatmen. Die Aussicht ist wirklich hervorragend. Die Luft ist herrlich. Wie Diamantsplitter leuchten die ersten Sterne am langsam dunkel werdenden Firmament.

Interessiert dich nur gerade nicht. In dir schreit es nach Nahrung. Deine Nasenflügel heben und senken sich und nehmen die Witterung von dem einen Zentimeter geöffneten Spalt in der Dose auf. „Fleisch!", melden die Duftstoffrezeptoren ans Kleinhirn. Und das stellt mal ganz fix die Prioritäten klar und pumpt Blut in die für die

Nahrungszufuhr verantwortlichen Organe und Gliedmaßen. Und schon beginnt eine rasende Zeitreise zurück ins Neolithikum. Der Jäger in dir ist erwacht, die begehrte Beute hat er fest im Blick. Sie zu erlegen ist alles, was zählt.

„Hau sie einfach in Zwei", befiehlt dir deine Jägernatur. Sekunden später überwindest du den Muskelkater, stakst zum Auto und holst die Axt. Wenige Augenblicke später schwebt sie über der Dose, fährt herab und schlägt krachend auf den kleinen Metallkörper ein. Leider etwas seitlich, du hast schon lange nicht mehr geübt. Und schon segelt die Dose im hohen Bogen in den Bergsee.

Am Rand ist der See nicht so tief, es dauert nur ein halbes Stündchen bis du sie gefunden und herausgefischt hast. Nach kurzem Überlegen beschließt du, die Waffen der Moderne einzusetzen: Dose aufs Geröllfeld stellen, zum Auto humpeln und ganz vorsichtig heranfahren. Genau so, dass du nur den äußersten Rand erwischt. Dann langsam drüber fahren, rausspringen und die erlegte Beute begutachten.

Die Beute hat sich verformt und liegt nun eingegraben im Erdreich, stellst du fest. Mehrere Versuche, sie mit den Fingern aus der Kuhle zu bugsieren scheitern. Schließlich darf die Axt als Grabinstrument herhalten. Dein Hacken und Scharren vermischt sich mit dem Tirilieren einer Nachtigall, ti-tschip tschip tschip, tirilip, tirilip, tirilip hallt es über den Bergsee. Als du die Dose endlich ausgegraben hast, hat sie ihr Singen eingestellt, auch Nachtigallen müssen irgendwann mal schlafen. Du setzt das Auto ein Stück zurück und stellst Fernlicht an.

Da liegt sie, deine Beute. Hübsch flach ist sie nun. Der Spalt ist ein Stückchen größer geworden, kleine Steinchen haben sich in ihn gepresst. Du gehst zurück zu deinem Offroader und holst die Salzstangen. Die erste gönnst du dir als kleinen Appetizer. Die zweite dient als chirurgisches Werkeug: Fein säuberlich werden die Steinchen aus dem Spalt gepuhlt. Dann geht es mit einem frischen Stängelchen ans Eingemachte. So zwei, drei Millimeter Corned Beef förderst du bei jedem Eintauchen ins Innere der Dose hervor.

Irgendwo weit weg hörst du diesen Lefuet lachen. Früher, als der noch Tim's Lachen hatte, klang das netter. Jetzt klingt es richtig fies, ja gerade zu teuflisch.

Aber so ist er halt, der gute Lefuet, denkst du dir und stocherst weiter. Jede Mikroportion Fleisch wird mit einem Schluck warmen Bier herunter gespült. Bei der zweiten Dose lullt der Alkohol dich langsam ein. „Ist schon okay", sagst du dir und stocherst noch ein bisschen.

Am nächsten Morgen erwachst du auf dem Geröllfeld. Dein Magen knurrt. Die verformte Dose liegt direkt neben dir, eine abgebrochene Salzstange ragt aus der aufgebrochenen Spalte …

Was man da so machen kann…

Und was macht man nun mit all diesen diabolischen Verpackungen? Den ekligen und elitären, den sich verweigernden und den dünnhäutigen?

„Ignoriert sie", möchte ich dem Leser zurufen! Lasst sie links im Regal liegen und wendet euch wieder dem Einkauf à la Großmutter zu, mit Korb und ein paar alten Papiertüten.

Also, ich mache das so: Am liebsten gehe ich auf dem Markt einkaufen. Da gibt es Gemüse und Obst noch in der ganz ursprünglichen Form, ohne spezielle Beleuchtung und Werbeschilder. Und vor allem ohne Verpackung.

Am liebsten kaufe ich bei Karl ein. Der Karl kommt nämlich aus Hechtsheim (ausgesprochen: Hechzhm) und ich habe einige Jahre in Gonsenheim (ausgesprochen: Gunsnhm) gewohnt. Sind übrigens beides Vororte von Mainz. Uns eint daher die Auswanderung ins Exil. Hier im fernen Freiburg freuen wir uns beide, uns mal wieder in unserem Heimatdialekt artikulieren zu können. Akademisch ausgedrückt, schließlich ist Freiburg eine Universitätsstadt. Unner uns wärde ma sache: Me freie uns, amo widder pälzisch babbele zu kenne.

Sobald Karl die von mir bestellten Kartoffeln abgewogen hat fragt er mich:

„Alles do enin?", und deutet auf meinen Rucksack.

Den habe ich in Erwartung des immer gleichen Rituals schon einmal auf die Ablage gestellt und antworte: „Ei was dann, als enin!". Und schon rumpeln die Kartoffeln in meinen Rucksack. Da ich Karl nun schon so lange kenne, habe ich die Reihenfolge meiner Bestellungen auf diesen „Kauf und Schütt" - Ablauf eingestellt: Zuerst ordere ich die Kartoffeln, dann festes Obst und Gemüse, am Schluss weiches Obst, Salat und Eier. Wobei Herbert bei jeder neuen Lage höflich

„Obbe druff?" nachfragt und ich ebenso höflich „Ei was dann, als obbe druff", antworte.

Ist Karl gut gelaunt, hält er bei meiner Salat-Bestellung inne und meint: „Wartemol, des back isch der e bissche in." Er zieht ein Stück alter Zeitung unter den Eierkartons hervor und das zarte Grün verschwindet zwischen den Lokal- und Sportnachrichten der letzten Woche.

Das war's dann auch schon in Sachen Verpackungstechnik. Mehr „Maggeding", wie Karl sagen würde, gibt es nicht.

Und braucht es auch nicht: „No packaging – no cry!".

…den Migranten

Liebe Migranten!

es ist bestimmt verwirrend, in Deutschland anzukommen! Plötzlich sieht alles anders aus, als bei euch daheim! Die Straßen sind sauber! Die Geschäfte bieten lauter tolle Sachen an, die ihr euch nicht leisten könnt. Wenn man auf den Lichtschalter drückt, geht das Licht tatsächlich an. Der Bus kommt wirklich zu den auf dem Busfahrplan stehenden Zeiten.

Und dann noch wir Deutschen. Stets pünktlich und immer ordentlich angezogen. Nie müßig rumhängend. Immer auf dem Weg von A nach B, mit klaren Zielen. Wozu wir häufig in richtig tolle Autos steigen, bei denen die Tür nicht mit Schnur festgehalten wird und der Auspuff nicht zum Gotterbarmen röhrt.

Das muss alles ein Schock für euch sein! Ich versteh das! Echt!

Daher hab ich ein paar Punkte gesammelt, die euch die Zeit bis zur Abschiebung ein bisschen leichter machen. Einfach durchlesen und schön merken, gell? Falls das mit dem Lesen nicht geht, gibt's Leute im Amt, die das können. Manche sprechen sogar so Sprachen wie ihr, die könnt ihr kontaktieren. Und da wir gerade über Ämter sprechen, fang ich da mit meinem ersten Tipp an:

Tipp 1: Seid lieb zu deutschen Beamten

Auch deutsche Beamten sind Menschen, auch wenn sie nicht immer so wirken. Es ist ganz wichtig, dass ihr euch das merkt!

Klar, sie wirken oft gereizt, wenn Migranten vorbeikommen. Aber stell dir mal vor, du müsstest dich die ganze Zeit mit Leuten wie dir auseinandersetzen. Also, ist jetzt gar nicht böse gemeint. Aber so eine Beamtin, nennen wir sie mal Gerdi, kommt vielleicht aus Tüpfingen im Schwarzwald. Nur mal so als Beispiel. In Tüpfingen gibt es seit Jahrhunderten nur Schwarzwälder und ein paar Zugereiste. Und die Zugereisten kommen aus den Nachbargemeinden und werden erst in der sechsten oder siebten Generation als Original-Tüpfinger anerkannt.

Bis vor wenigen Monaten kamen bei Gerdi im Amt nur normale Leute vorbei. Die kennt sie fast alle. Die einen von der Kirche, die anderen vom Elternabend. Mit einigen singt sie sogar gemeinsam im Chor oder bastelt in der Weihnachtsgruppe.

So, und plötzlich entscheiden die in Berlin, dass auch Tüpfingen Flüchtlinge aufnehmen muss. Was dazu führt, dass die Gerdi am Morgen ihr Amt öffnet und erst einmal einen Schlag kriegt. Weil da nicht Maria vom Weihnachtsmarkt oder Susanne vom Chor steht, sondern ihr.

In Metern von schwarzem Stoff eingewickelt, so dass man noch nicht mal erkennt, was man nicht mag.

In viel zu kurzen Anzughosen und in speckigem Jackett. Beides so vergilbt, dass es Gerdi nur heimlich in die Altkleidersammlung geben würde.

Im Gangster-Rapper T-Shirt, rosa Turnschuhen und falschem Goldschmuck. Dazu Käppi auf dem Kopf und Smartphone-Knopf im Ohr.

Also, in Tüpfingen gibt es einige, die würden so ein Pack (so nennen die das) zum Zwangsausmisten verdonnern. Damit dieses Gesocks (ist ein anderer Ausdruck für Migranten) mal spürt, was richtige Arbeit ist.

Macht die Gerdi aber nicht. Weil es nicht in der Verordnung über den Umgang mit euch drinsteht. Da steht drin, dass auch ihr mit „Herr" und „Frau" angeredet werden sollt. Das macht die Gerdi doch auch so, oder? Und sie gibt auch all die Zettel, die ihr nicht versteht und gibt euch die Adresse von dem, der dafür sorgen soll, dass ihr den ganzen Kram versteht.

Gerdi wirkt dabei vielleicht ein bisschen steif. Schaut euch kaum an und wird laut, wenn ihr nicht gleich gehorcht. Aber die Gerdi ist halt durch euer Erscheinen traumatisiert. Das kennt ihr doch, da könnt ihr euch doch rein fühlen? Und zudem ist's bei Gerdi in der Amtsstube doch allemal besser als beim Zwangsausmisten, oder?

Also Tipp 1: Den Menschen im Beamten sehen. Dann wird alles viel leichter.

Tipp 2: Blicke bloß nicht persönlich nehmen

So nach den ersten 20 Amtsbesuchen und gefühlt 100 Formularen habt ihr das erste Mal ein bisschen Freizeit. Immer nur im Container rumhängen und sich mit Andersgläubigen prügeln wird irgendwann langweilig. Also zieht es euch raus.

Die auf euch gerichteten Blicke können manchmal ein bisschen wehtun. Manche schauen euch wie ein Schrottauto an, für das irgendein Wucherer 3000 EUR verlangt. Scheiß-Design, scheinen die Blicke zu sagen. Scheiß überpinseltes Billigblech. Darunter ist vermutlich alles verrostet. Dichtungen sind bestimmt auch am Arsch. Der Besitzer kann froh sein, wenn er die Kiste kostenfrei entsorgt kriegt.

So sähe die Bewertung aus, wenn ihr ein Gebrauchtwagen wärt. Seid ihr aber nicht. Und genau an diesem Punkt entstehen dann Missverständnisse.

Wobei ihr einfach verstehen müsst, dass das überhaupt nicht persönlich gemeint ist.

Viele deutsche Bürger sind mit der Fernsehsendung „Aktenzeichen XY ungelöst" aufgewachsen. Bei dieser Sendung hat man jeden Freitag die Zuschauer um Mithilfe bei der Fahndung nach Schwerverbrechern gebeten. Gefühlte 10 Millionen sind nach der Sendung losgezogen und haben nachgeschaut, ob dieser Zugezogene mit dem Unkraut im Garten Ähnlichkeit mit einem der Gesuchten haben könnte. Und haben schön fleißig die Hotline angerufen, wenn sie Bärtige oder andere Verdächtige gesichtet hatten.

So was prägt. Die auf Fahndungsplakaten abgebildeten Bärtigen mit Zottelhaar suchen manche bis heute. Und – sorry – manche sehen aus wie ihr. Von daher schaut halt manch selbsternannter Hilfssheriff genau hin, wenn er euch trifft.

Die eisigen Blicke können aber auch noch einen anderen Grund haben. Ihr müsst verstehen, dass Deutschland eine Werte-Gesellschaft ist. Das heißt, alles bei uns hat einen Wert, versteht ihr? Auto und Haus zeigen, wie weit du es geschafft hast. Deine Freunde auf Facebook zeigen, wie weit du in der Breite vernetzt bist. Beziehungen zum Schuldirektor und Chorleiter zeigen, wie weit du nach oben vernetzt bist. In deinem Flur zeigen beglaubigte Zertifikate, was für ein toller Hecht du bist.

Alle, die dich noch nicht kennen, checken erst einmal, was du für einer bist und wie weit du es gebracht hast. Streichen mal um den Block und schauen, was für ein Auto du fährst und ob deine Eingangstür was hermacht. Fragen nett plaudernd nach, wo du überall schon aufgestiegen bist, was du schon alles gewonnen hast und wie breit dein Aktiendepot angelegt ist.

Als Zugezogener weißt du natürlich, dass dich gerade alle abchecken, kaufst dir super-edle Marmorplatten für die Geranien-Umrandung und streust bei den kleinen Plaudereien auf der Straße ein paar Anekdoten vom letzten Urlaub in Miami ein. Dass der Trip ein Last-Minute-Schnäppchen war, weiß ja keiner.

Und so checkt jeder jeden ab. Diese abschätzenden Blicke sind also gar nichts Ungewöhnliches. Bloß dass das

Ergebnis bei euch halt nicht so gut ausfällt. Weil ihr mit dem um den Hals gehängten Plastiketui mit dem provisorischen Ausweis drin einfach nicht so viel hermacht. Und weil eure Adresse (Auffanglager Ost; zweite Stichstraße, dritter Container links) auch nicht zu den ersten Adressen der Stadt gehört.

Also ich persönlich glaube trotzdem, dass aus ein paar von euch noch was wird. Echt! Da bin ich voller Zuversicht. Aber bis es so weit ist, müsst ihr die Blicke einfach wegstecken.

Also lautet Tipp 2: Einfach drüber stehen und sich von eisigen Blicken nicht kirre machen lassen.

Tipp 3: Immer schön leise sein

Wenn ihr das erste Geld gespart habt und euch ein Busticket leisten könnt, wollt ihr vermutlich nach einem Kilometer Fahrt gleich wieder aussteigen. Weil im Bus eine Stimmung ist, als ob man auf dem Weg zu einer Beerdigung wäre. Alle schweigen. Die Jüngeren sind mit Knopf im Ohr in Digitalien. Alle zwei Minuten verrät ein Griff nach dem Smartphone, dass sie noch leben. Die Älteren haben ihr Schlechtwetter-Gesicht aufgesetzt und schauen durch andere Mitreisende hindurch, als ob sie gar nicht da wären. Ab und an geht der Blick aus dem Fenster und kriegt was Verträumtes. So als ob man irgendwo hinter den Hügeln eine bessere Welt vermuten würde.

Das ist für euch nicht so leicht, das verstehe ich. Weil bei euch daheim ja immer Ramba Zamba ist. Draußen auf der Straße hupt es wie blöd. Alle fühlen sich im Recht und brüllen aus dem Autofenster andere an, die ihnen angeblich die Vorfahrt genommen haben. Im Bus wechseln sich acht Bälger mit dem Plärren ab. Die übergewichtige Mama versucht sie mit Gebrüll einzuschüchtern. Was dazu führt, dass sie noch mehr plärren. Worauf der Busfahrer das Radio noch lauter stellt. Was dazu führt, dass es im Bus schließlich noch lauter ist als draußen auf der Straße.

So ist es bei euch, brauchst mir nichts zu erzählen.

Aber ihr müsst verstehen, dass Deutschland das Land der Dichter und Denker ist. Und für dieses Dichten und Denken braucht der Deutsche Ruhe. Weil er Lösungen für sich ankündigende Katastrophen finden muss. Wie die Flüchtlingsflut, zum Beispiel. Ist nicht böse gemeint, aber die bricht ja wirklich gerade über uns zusammen. Also denkt der Deutsche übers Dichten nach. Genauer gesagt übers Abdichten. Vom Kellerfenster zum Beispiel, damit da keiner durchkommt. Natürlich auch von den Fenstern (besser Dreifachglas) und der Dachluke (den Metallrahmen könnte man an das Elektrokabel des Hitzestrahlers anschließen). Und er überlegt, wo er die beste Alarmanlage herkriegt, welche Notvorräte er für den anstehenden Bürgerkrieg braucht und wie er günstig an Elektroschocker und Pfefferspray rankommt.

So gesehen könnt ihr die für euch merkwürdige Stille einfach als Zeit des Nachsinnens sehen. Und euch rücksichtsvoll verhalten. In dem ihr Weichschaumsohlen tragt, euer Kofferradio immer schön im Heim lasst und nur leise flüstert. So was beruhigt uns.

Der dritte Tipp lautet also: Immer schön leise sein!

Tipp 4: Contenance bewahren und Lächeln

Manche von euch fuchteln wie wild rum und ziehen Grimassen, als ob sie gerade in was Saures gebissen hätten. Bloß weil die Familie über ganz Deutschland verteilt ist. Oder weil irgendjemand vom Clan auf der Balkanroute feststeckt. Oder weil daheim gerade das Haus weggebombt worden ist.

Solch übertriebene Reaktionen kommen in Deutschland ganz schlecht an.

Bei uns bleibt man auch bei Katastrophen gelassen und gefasst. Wird das Weihnachtsgeld gekürzt, kauft man halt weniger Geschenke. Steigt der Benzinpreis, nimmt man auch mal das Fahrrad. Kriegt jemand in Buxtehude nach Verzehr eines Frühstückseies eine Salmonellenvergiftung, reagiert ganz Deutschland kühl und rational: Alle Eier vernichten; sämtliche Hühner schlachten und das Fleisch nur noch nach Übersee verkaufen. Und schon haben wir alles wieder im Griff.

Von dieser Ruhe und Gelassenheit könnt ihr etwas lernen, glaubt es mir. Macht es uns einfach nach und setzt noch einen drauf: Lächelt! Lächeln könnt ihr ja sowieso gut, dass bewundere ich immer beim Auslandsjournal im Fernsehen. Meiner Ansicht nach sieht dieses Lächeln mit weißen Zähnen vor schwarzem Hintergrund sogar hübscher aus als beim Durchschnittsdeutschen. Der hat nämlich vor lauter Verantwortung ganz schön Druck auf den Mundwinkeln. Euer Lächeln ist also ein krasses Plus in eurem Humankapital. Und solche Wettbewerbsvorteile sollte man nutzen.

Tipp Nummer 4: Immer hübsch gefasst bleiben und lächeln, lächeln, lächeln.

Tipp 5: Haltet Ordnung

Bei uns stehen die Kürbisse nicht kreuz und quer auf dem Feld. Sondern in Reih und Glied.

Reben klettern in Deutschland nicht wild Mauern empor. Sie ranken schön ordentlich an in gleichen Abständen gespannten Drähten. Zwischen in gleichen Abständen gesetzten Pfählen.

Ebenso ordentlich sind unsere Siedlungen. Da ist nicht alles durcheinander gewurschtelt wie bei euch: Hier mal ein bisschen Holz, da mal ein bisschen Backstein, dort mal ein bisschen Wellblech drüber. In Deutschland ist das genormt. Genormte Hausbreite, genormte Fenster, genormte Türen.

Das geht bei uns so weiter bis zum Friedhof. Da ist alles vorgeschrieben: Mindest- und Maximalgröße des Grabs sowie des Grabsteins. Erlaubte und streng verbotene Materialien. Vorgeschrieben ist zudem, wie lange die Leiche verweilen darf, bis ein anderer das Recht hat, sich an der gleichen Stelle ein Grab zu kaufen. Bei uns sind auch die Leichen ordentlich und diszipliniert!

Ordnung hat bei uns eine Tradition, die bis zu den Preußen zurückreicht. Da standen die Soldaten in Reih und Glied. Wenn's knallte, fielen ein paar um und wurden sofort von anderen ersetzt. Die auch hübsch in Reih und Glied standen und bei Befehl schön ordentlich ins feindliche Feuer liefen.

Um den Nachwuchs rechtzeitig auf solch einen Lebensweg vorzubereiten, ahmte man Schlachtordnungen in den Klassenzimmern nach: 3 Reihen mit je 10 Bänken und zwei Schülern nebeneinander. Fiel ein Schüler wegen den Folgen einer Prügelstrafe aus, konnte er sofort von Nachrückern ersetzt werden.

Was sich auch in Verwaltungen bewährte: 100 identische Amtstuben pro Stockwerk; fünf identische Stockwerke übereinander. Vor den Büros praktische Kennziffern: A3-4-17. Fiel A3-4-17 wegen Faulheit oder Dummheit aus, konnte sofort ein neuer A3-4-17er nachrücken; das machte überhaupt keine Probleme.

Dieses Ordnungssystem war so omnipräsent, dass es sich in alle Gehirnwindungen einfräste. Bis der Deutsche gar nicht mehr anders konnte, als alles fein säuberlich einzuordnen, in Reihe zu stellen oder mit Schildern versehen in exakt parallel verlaufenden Regalen abzulegen.

Wenn ihr schlau seid, passt ihr euch dieser Ordnungsliebe einfach an. Beim nächsten Amtsbesuch des ganzen Clans stellt ihr euch also am besten in Zweierreihen auf, fasst euch an den Händen und bewegt euch erst, wenn es euch jemand sagt. Was ihr dabei anhaben solltet, sag ich euch gleich.

Jetzt wollen wir erst einmal Tipp Nummer 6 festhalten: Immer schön ordentlich sein!

Tipp 6: Lasst eure Kleidung für euch sprechen

Aus dem oben Gesagten könnt ihr schon folgern, dass Blümchenmuster und wilde Farbspiele uns verwirren. Der Deutsche sieht solchen Wildwuchs und denkt sofort über den Einsatz von Pflanzenschutzmitteln nach. Ihr tragt also besser Karomuster. Die erinnern an ordentlich aufgestellte Schulbänke, die Reihensiedlung daheim und den sauber angelegten Friedhof. Sowas beruhigt uns.

Auf keinen Fall solltet ihr euch wie Rapper anziehen.

„Aber der Aubemeyang hatte kürzlich die neueste Kollektion von einem Rapper an", hör ich jetzt jemand sagen.

Der Aubemeyang schießt für den BVB aber auch 30 Tore pro Saison. Und ihr füllt pro Saison nur 30 Formulare aus. Das ist der Unterschied.

Also schön merken: Keine Rapper-Klamotten und keine Totenkopf-Motive.

Klar, du willst deine Kumpels beeindrucken. Dein Scarface T-Shirt ist schon toll. Schließlich hat der Typ in dem Mafia-Film alles weggehauen, aufgeschlitzt oder niedergemäht, was ihm in den Weg kam. Richtig cool. Ist aber schon ein paar Dekädchen her und daher out.

Auch dein 50 Cent Shirt mit der Aufschrift „Get rich or die tryin" ist cool. Schließlich geht ja alles um fette Autos, einen dicken Bündel Hunderter in der Hosentasche und um die Ladies, die fette Autos und Hunderter-Bündel in der Hosentasche geil finden. Weswegen die dich dann auch geil finden. Was, zusammengenommen, dann auch deine Kumpels geil finden.

Aber so einen Kram kannst du von mir aus bei einer Asylantenheimparty anziehen. Bei der Sachbearbeiterin für Unerwünschte kommt so ein Aggro-Kram einfach nicht gut an. Und falls du jetzt immer noch nicht weißt, wie du dich anziehen sollst, dann schau' dir mal die Asylanten aus Sri Lanka an. Die haben zwar ganz schön schwarze Hautfarbe, machen das aber mit dezent karierten Hemden, grauer Anzugshose und Büroschuhen wieder wett.

Alles klar? Tipp Nummer 6 empfiehlt einen ordentlichen Auftritt mit Karos und hübsch langweiligen Büroklamotten.

Tipp 7: Teilt die Werte der deutschen Kultur

Wenn ihr Deutsche nur auf Ämtern trefft, entsteht bei euch ein ganz falscher Eindruck. Auf dem Amt will man euch schnellst möglichst loswerden, damit man Zeit für eine Zigarette hat. Die hinter euch in der Warteschlange will man auch schnell loswerden, damit man endlich Zeit für ein Tässchen Kaffee hat. Dann will man die Arbeitswoche endlich hinter sich bringen, damit endlich Wochenende ist. Und dann will man die letzten 12 Arbeitsjahre hinter sich bringen, damit endlich Schluss mit der Maloche ist.

Klingt nicht nach Glückseligkeit. Manche von euch behaupten sogar, dass der Deutsche zwar reich, aber unglücklich sei.

Stimmt aber nicht. Ihr müsst nur dahin gehen, wo wir uns wohlfühlen. Auf einem Hock, zum Beispiel. Das sind so regionale Feste, wo man zusammenhockt, sich vier Bier reinzieht und eine Bratwurst isst. Oder beim Feuerwehrfest. Das sind so Feste, wo man zusammensitzt, eine Bratwurst isst und sich vier Bier reinzieht. Oder bei Schlossberg-, Wein-, Oktober- oder Sommerfesten. Das sind so Feste, wo man zusammensitzt, neben Bier auch Wein trinkt und sich nach einer Bratwurst noch ein Schweinesteak reinzieht.

Bei solchen Anlässen ist der Deutsche glücklich. Vor allem am Freitag- und Samstagabend und da so zwischen 19 und 23 Uhr. Da wird gelacht. Pro in sich versenktem Bier gibt es statistisch gesehen einen Lacher pro Minute mehr. Ab drei Bier wird dann auch gekrischen. Weil der Hubert mal wieder einen seiner gefürchteten schweinischen Witze erzählt. Oder weil der Anton der Bärbel wo hinfasst, wo er ohne drei Bier nie hinfassen würde.

Wir nennen das Gemütlichkeit. Wenn ihr Deutsche wirklich verstehen wollt, müsst ihr mit ihnen gemütlich sein. Zieht einfach ein Jankerl oder eine fesche Bluse an und tut so, als ob ihr schon voll eingedeutscht wärt. Holt euch ein Bier, lächelt und fragt einen von denen mit den roten Backen, ob noch ein Plätzchen frei ist.

Dann dessen Nachbarn angrinsen, Glas heben und „Prost!", sagen. Sprachbegabtere können auch „Zum Wohl!" rufen.

Das in Folge einfach so weitermachen: Vor sich hingrinsen. Glas heben. „Prost" oder „Zum Wohl" sagen und einen ordentlichen Schluck nehmen. Wenn ihr das zwei Stunden und 20 Prösterchen durchhaltet, seid ihr schon fast integriert.

Tipp Nummer 7 lautet also: Nehmt an deutscher Kultur teil und seid gemütlich.

Tipp 8: Sprecht wenig, aber richtig

Eigentlich ist so ein Sprach- und Integrationskurs gar nicht wichtig. Weil ja eh die meisten von euch wieder heimgeschickt werden. Dann sitzt ihr später daheim in der Hütte und wisst, wer Goethe war und dass das q im deutschen Alphabet ganz knapp vor dem r kommt. Und was nützt euch das? Nichts!

Bis zum Entscheid über euren Antrag braucht ihr eigentlich nur ein paar Wörter. Ein paar kennt ihr schon: „Prost" und „Zum Wohl".

Ganz wichtig ist aber auch: „Entschuldigung!". Das zeigt, dass ihr es bedauert, geboren worden zu sein, es nicht so weit wie die Deutschen geschafft zu haben und ihnen jetzt auch noch auf die Nerven geht. So ein Statement stimmt den Deutschen milde. Fangt daher jede Konversation mit „Entschuldigung" an.

Fast so wichtig ist „Danke!". Das zeigt, wie sehr ihr das Privileg in Deutschland zu sein, schätzt. „Danke", solltet ihr daher fast ständig sagen: Vom Erhalt der ersten Papiere bis zum Ablehnungsbescheid. Mit „Danke" auf der Zunge wird alles leichter werden, glaubt mir.

Für den Umgang mit den Jüngeren empfehle ich die Redewendung „Alles gut!" oder ersatzweise „Passt". Das kann man jederzeit einsetzen. Beispiel:

„Und wie ist es so in der Containersiedlung?"

„Alles gut!"

„Und die 300 Mäuse im Monat reichen zum Überleben?"

„Passt!"

Viel mehr reden die Jüngeren untereinander auch nicht, weil sie ja dauernd am Handy hängen! Mit den paar Wörtern seid ihr Kommunikationstechnisch voll dabei!

Der achte Tipp lautet also: Beschränkt euch auf ein paar wichtige Wörter.

Tipp 9: Seid motiviert

Auf einer aktuellen Integrations-Webseite steht, das Deutschland das kann. Was genau Deutschland kann, sagt die Webseite nicht. Aber alle auf Fotos dargestellte Migranten lächeln. Ein Araber mit Migrationshintergrund lächelt, weil er vermutlich das erste Mal in seinem Leben einen Elektroschrauber in der Hand halten darf. Andere strahlen, weil sie endlich selbst eine Schüssel Reis tragen oder sogar Bass spielen dürfen.

Was zeigt, dass sich die Webseite vor allem mit denen befasst, die arbeiten dürfen. Ist zwar eine Minderheit, aber ein paar von euch könnten es ja dahin schaffen. Daher will ich auch einen Tipp für diese Randgruppe anbieten.

Ein Slogan auf der Webseite lautet, dass die Deutsch-Sprachkenntnisse des glücklichen Elektroschraubers zwar noch nicht perfekt, seine Motivation aber herausragend sei.

Und genau das wollen wir von denen mit Arbeitserlaubnis!

Ihr könnt ruhig ein bisschen komisch aussehen. Kein Problem.

Eure Klamotten können ruhig ein bisschen an den Schlussverkauf vom Billigdiscounter erinnern. Macht nichts.

Esst von uns aus mit den Fingern! Hört nasal jaulendes Gedudel, das jeden halbwegs Normalen zum Wahnsinn treibt! Verständigt euch untereinander mit nach Nahkampf klingenden Kehllauten. Ist alles nicht so schlimm!

Aber bleibt dran! Macht euer Integrationsding! Steht früh auf! Seid pünktlich! Schuftet! Gehorcht! Seid besser als Andere! Schneller als Andere! Erwirtschaftet mehr als Andere! Kapiert?

Macht Motivation zu eurem Mantra. Morgens um sechs solltet ihr zehnmal „Ich bin motiviert!" murmeln. Das wiederholt ihr dann bei jeder Schraube, die ihr mit dem Elektroding in die Teile am Fließband prügelt. „Ich bin motiviert! Ich bin motiviert! Ich bin motiviert!".

Dann macht ihr so weiter bei der Frühstückspause, beim Mittagessen, bei den Überstunden und beim Zubettgehen.

Mit der Methode kommt ihr auf ca. 2000 Motivations-Affirmationen pro Tag. Das reicht sogar für Bildungsferne.

Ich versprech euch: Nach vier Wochen Übung besteht ihr nur noch aus Motivation!

Tipp Nummer Neun: Mach dein Integrationsding und sei motiviert!

Tipp 10: Helft Angela!

Die Angela hat dich und deine Kumpels ja alle willkommen geheißen. Am Anfang war das eine ganz persönliche Sache gewesen: Sie hat ein paar von euch im Fernsehen gesehen. Das hat sie irgendwie berührt und da hat sie euch eingeladen. So wie man unerwartete Besucher bei der eigenen Party rein bittet: „Jetzt kommt erst einmal rein! Wird schon für alle reichen."

Dann kamen aber 2 Millionen. Was den Rahmen der Party ein bisschen sprengte. Also hat sich die Angela an ihre Landsleute gewandt und die um Mithilfe gebeten. Wenn alle ein bisschen was beisteuern, meinte Angela, würden wir das mit der Integration schon schaffen.

Aber daraus wurde irgendwie nichts.

Weil sich ein Teil der Deutschen nur selbst als Volk ansieht und andere nicht. Ein weiterer Teil ist furchtbar schreckhaft, wenn er Menschen mit anderer Hautfarbe sieht. Und wieder Andere haben viel zu viel im Büro zu tun, um sich auch noch um Integration und so einen Scheiß zu kümmern.

Deshalb braucht die Angela dich! Integrier schön mit, ja? Geh zu deinem Nachbarn im Container und überzeug ihn von der Wichtigkeit der Aufgabe! Schließ dich einer Pro-Asyl-Demo an und trag ein Schild mit der Aufschrift: „Angela bin auch ich" oder „Angela ist in mir". Skandier: „Wir schaffen das!". Oder heb einfach den Daumen zum okay-Zeichen und lächle, falls dein Deutsch für solche Sätze noch nicht ausreicht.

Dann schaffen wir das wirklich.

Alle zusammen.

Da bin ich mir ganz sicher.

...dem Laufen

Ihr werdet es nicht glauben - Usain Bolt ist mir soeben im Traum erschienen!

In Sprinterhosen stand er vor mir. Sein muskulöser Oberkörper sprengte das gelb-grüne Tank-Top. Geschmeidig nahm er seinen Laufrhythmus auf, lässig signalisierte er mir, ihm zu folgen.

Kann man dem Inhaber des 100 und 200 Meter-Weltrekords eine Bitte abschlagen? Kann man ihn der Einsamkeit der Tartanbahn aussetzen, wenn es ihn nach sportlichem Vergleich gelüstet? Das geht gar nicht, der Sportsmann in mir hatte das sofort erkannt.

Also schenkte ich ihm ein Lächeln und schloss mit ein paar energischen Schritten zu ihm auf. Es war ein Traum. Weich wie ein Teppich schmiegte sich die Tartanbahn an meine Füße. Ein sanftes Antupfen mit den Zehenspitzen reichte - schon wurde mein Fuß wie auf einem Trampolin nach oben katapultiert.

Leicht wie eine Feder.

Frei wie ein Vogel.

„Cool runnings", raunte ich Usain zu und zog das Tempo an. Nicht umsonst nannten meine Sportkameraden mich Panther: Einmal in Schwung gekommen, bricht das Tier in mir durch. Schon bald sah der arme nur noch die Spikes meiner Sprint-Schuhe. Die Schritte hinter mir wurden immer leiser. Erst als ich Tempo rausnahm und in einem lockeren Auslaufmodus umschaltete konnte der gute Usain wieder zu mir aufschließen.

„Cool, man!", meinte er schnaufend. In seinem Blick war eine Mischung aus Bewunderung und verletztem Stolz.

„You cool, too, man", erwiderte ich und nahm wieder Fahrt auf, um einer Übersäuerung meiner Femuren sowie der Glutealregegion entgegenzuwirken. Sportmedizinisch gesehen. Aber auch einfach so, mein Panther brauchte noch ein wenig Auslauf.

Nun bin ich wach. Die Energie Usains ist noch im Raum zu spüren. Die Morgensonne scheint durch das Fenster. Der Schatten der Zimmerpalme fällt auf mein Bett. Wie bei einem Scherenschnitt zeigt eine Blattspitze genau auf mein Herz.

„Deine Zeit ist angebrochen", sagt dieser Fingerzeig des Schicksals. „Geh raus und zeig der Welt, was in dir steckt."

Ich atme tief durch. Kein Zweifel: Meine Begegnung mit Usain war kein Traum - das war eine Vision. Und wer mich kennt weiß, dass ich keiner Vision aus dem Weg gehe.

In zwei Komma zwei Sekunden bin ich aus dem Bett. Wenige Zehntel später stehe ich im Bad, mache mich in neuer Rekordzeit startklar. Schon beim Frühstück notiere ich mir die notwendigen Schritte für eine angemessen Vorbereitung meines Vorhabens.

Ein letzter Schluck Kaffee.

Ein letzter Löffel Müsli.

Dann geht es los.

Schritt 1: Sichtung der Primärressourcen

Was ist noch an mir dran, lautet die Frage. Oder, anders gefragt: Was habe ich noch drauf?

Einiges, macht ein Blick in den Spiegel deutlich. Nur nicht an den richtigen Stellen. Da, wo viel sein sollte (Schenkel, Brust, Arme), ist wenig. Da wo wenig sein sollte (Bauch, Hüfte, Po), ist viel.

Egal. Wer mich kennt, weiß, dass ich mich stets auf das Positive fokussiere. Also blende ich das Unsägliche aus und suche nach Spuren meiner Sportkarriere, die durch Schicksalsschläge (Ehe, Kinder, Büro) ins Stocken kam.

Die Gussmethode der verlorenen Form kommt mir in den Sinn: Der wahre Kern verbirgt sich unter der Schale, zerschlägt man sie, kommt der einzigarte Wert des verborgenen Kunstschatzes zum Vorschein.

Ich schlage kurz auf meinen Bauch, wie bei einem Schwamm wird die kinetische Energie absorbiert und läuft in bis zu den Hüften laufenden Wellen aus. Mein Panther scheint in tiefer liegenden Schichten zu schlummern.

Aber wie gesagt, durch kleine Rückschläge lass ich mich nicht von meinem Weg abbringen. Spuren meiner sportlichen Glanzzeit sind durchaus noch sichtbar, ich muss es nur geschickter angehen.

Nehmen wir die Schenkel: Drehe ich mich leicht nach rechts, heben die entstehenden Schatten noch vorhandene Konturen hervor. Bei voller Körperanspannung sind durchaus noch Sehnen und Muskeln zu erkennen. Mit jedem schattenwerfenden Sonnenstrahl werden mehr Spuren meines einstmals athletischen Körpers sichtbar.

„Tschaka!", feuere ich mich an, klatsche mit meinem Spiegelbild ab und gehe unverzüglich zu Schritt 2 über.

Schritt 2: Sichtung der Sekundärressourcen

Was ist noch drin, lautet nun die Frage. Oder, anders gefragt: Was gibt meine Sportgarderobe noch her?

Um dies zu beantworten, muss ich mich mit der umgekehrt proportionalen Bedeutung meiner Fitnessklamotten und ihrer Aufbewahrung auseinandersetzen: Mit jedem Jahrzehnt sank die Bedeutung meiner Sportswear. Als logische Konsequenz rückte sie im Wandschrank immer weiter nach oben. Bis sie schließlich in 2,30 Meter Höhe in einer Plastikkiste ihren Ruheplatz erhielt.

Ich hole eine Leiter aus dem Besenschrank und platziere sie vor dem Schrank. In 3,4 Sekunden bin ich auf Augenhöhe mit den Schätzen meiner sportlichen Vergangenheit. Mit energischem Griff erlöse ich sie aus ihrem Dornröschenschlaf.

Ein paar uralte Leinensportschuhe mit hoher Plastiksohle fallen mir entgegen. Witternd erfasse ich den markanten Duft von testosterongetränktem Schweiß, alten Socken und Deo-

Spray. Motten fühlten sich von dieser Mischung angezogen. Als Beweise ihrer Zuneigung haben sie Löcher in den Stoff gefressen.

In mir erzeugt der Geruch einen wahren Erinnerungssturm. Barren, Sprossenwände und Trampoline des TuS Dutzlingen tauchen vor meinem geistigen Auge auf. Ich sehe mich beim Sprung in den Stütz, den Vorschwung in den Grätschsitz, den flüssig vorgeturnten Oberarmstand. Fühle die mir bei Bundesjugendspielen verliehene Teilnehmermedaille um meinen Hals baumeln. Höre die durch schauderhaft schlechte Lautsprecher verzerrte Ansprache des Direktors, der den Einklang von Geist und Körper betont.

Eine Sekunde bin ich versucht, diese aus Leinen und Gummi bestehenden Zeugen meiner glorreichen Jahre in einen Bilderrahmen zu montieren, ein Messingschild mit Jahresdaten der Wettkämpfe anzufertigen zu lassen und das gute Stück publikumswirksam im Flur meiner Wohnung aufzuhängen. Aber der dem leinenen Zeitzeugen anhaftende Geruch hält mich davon ab. Ein letztes Mal streicht meine Hand über die schon halb zerfallene Kappe, dann fliegt das Paar in den bereit gestellten Abfalleimer.

Was gibt der Wäscheschrank noch her? Unter einer Staubschicht kommen Sporthosen zum Vorschein. Voll der Retro-Look - in denen sähe ich aus wie Uwe Seeler! Ein paar Jährchen später war das; beim FC Heimbach spielte ich in der A-Jugend. Eine harte Schule für junge Männer: Blutgrätschen, Ellbogenchecks und wüste Beschimpfungen gehörten zum täglichen Brot. Aber ich setzte mich durch. Im Aufstiegsspiel gelang mir ein Drop-Kick in den Winkel. Der Rest ist Vereinsgeschichte: Bei der Aufstiegsfeier im

Vereinslokal wurde der Sonntagsschuss mit jedem Bier genialer. Bis er am Ende des Saufgelages von fachkundigen Mittrinkern zum besten Tor der Fußgeschichte gekürt wurde.

Legendär, aber auch verdammt lang her. Angesichts seiner geradezu lächerlichen Größe ist der Sportslip völlig ungeeignet, einen gestandenen Mann angemessen zu kleiden. Also ab dafür – mit einem eleganten Hakenwurf befördere ich auch dieses Relikt in den Abfalleimer. Wie ein Leichentuch bedeckt es die kess aus dem Eimer herausragenden Leinensportschuhe. Wenig später folgen im Flug drei weitere ebenfalls eingelaufene Trainingshosen, zwei verblichene Poloshirts mit aufgenähten Vereinsemblemen und ein ganzes Set von vergilbten Sportunterhemden.

Dann kommt der Abgang von der Leiter. Ich ziehe einen Salto in Betracht, sinne dann über ein Abhocken aus dem Handstand nach und gebe mich schließlich angesichts der Wackligkeit der Leiter für einen altersgemäßen Stufenabstieg mit anschließender Kniebeuge (bei waagrecht gestreckten Armen) zufrieden.

Schritt 3: Handlungsorientierte Konsequenzen aus Schritt 1 und 2

Nun geht es shoppen. Im *Runners Dream* sichte ich die an Bügeln aufgehängten Sporthosen. Die seitlich hoch ausgeschnittenen Sprinterhosen Brasil, ein gelb-grüner Knaller mit leuchtenden Sternen, gefallen mir am besten. Aber vielleicht zeigt diese Miniatur zu viel von dem, was besser verborgen sein sollte? Also entscheide ich mich für ein bis zu den Knien reichendes Modell Classic in dezentem Dunkelblau, natürlich mit der für öffentliche Anerkennung korrekten Anzahl an Streifen.

Dazu wähle ich ein weißes Funktions-T-Shirt namens *Carl Lewis*. Laut angeheftetem Etikett ist es winddicht, schweißabsondernd und für unter 100€ zu haben. Klingt gut, oder?

Kaum habe ich es in die engere Wahl gezogen, rauscht auch schon Pat heran („Hallo, ich bin die Patricia, nenn mich einfach Pat!"). Lächelnd bestätigt sie meinen guten Geschmack („Wow! Cooles Teil!") und nimmt Carl Lewis für den Show-Down an der Kasse in fürsorgliche Verwahrung. Ich wende mich nun den Laufschuhen zu, eine Domäne, die von einem nach Zehnkampf aussehenden Athleten betreut wird.

„Hallo", spreche ich den als Fachverkäufer getarnten Olympioniken an, „ich hätte gerne ein paar Laufschuhe."

„Super! Was für ein Lauftyp bist du denn?", werde ich gefragt.

Das locker dahin geplauderte „du" geht mir runter wie Öl! Das macht die mir in letzter Zeit angebotenen Sitzplätze im Bus gleich wieder wett!

„Rechte Außenbahn", erwidere ich, „manchmal nach innen ziehend, je nach System".

„Verstehe. Also Ausdauertyp! Aber auch Sprints ab und an? Je nach Systemanforderung?"

„Aber hallo!", meine ich und verlagere das Gewicht vom linken auf das rechte Standbein.

„Spannend! Da erstellen wir am besten erst einmal ein Laufprofil."

Braucht es eigentlich nicht, denke ich mir. Ich kenne mich und weiß, wie ich ticke. Aber mich fragt keiner. Die plötzlich wieder aufgetauchte Pat hilft mir mit erstaunlich konstantem Lächeln in passende Testschuhe.

Der mich betreuende Modellathlet betont routiniert die sportmedizinische Bedeutung eines solchen Tests, rein ergonomisch gesehen. Das computerunterstützte ideale Zusammenspiel des *biceps fernoris* mit dem *gastronemius*, das nur von einem perfekt gebetteten *kalkaneus* gewährleistet werden könne, sei extrem wichtig, meint er. Wobei er zur Verdeutlichung abwechselnd auf Oberschenkel, Wade und Ferse deutet und dann den Betriebsschalter auf Stufe 4 stellt. Mit einem Ruck läuft das Band an und nimmt rasch Fahrt auf.

„Schon klar", meine ich.

Da mir sonst nichts einfällt, steige ich einfach auf das an Raumschiff Enterprise erinnernde Band. Zwei Schritte, und ich habe bereits einen knappen Meter zurückgelegt. Allerdings nach hinten, mein vorgelegtes Tempo und Geschwindigkeitsstufe vier wollen nicht recht zusammenpassen.

„Ups! Mein Fehler, sorry", meint Dr. Lauf und stellt auf Stufe 1 um. Enterprise zeigt nun seine sanfte Seite. Mit neu geschöpftem Vertrauen lasse ich die Holme los und entspanne mich in die computergesteuerte Lauferfahrung.

„Ein bisschen mehr groove?", werde ich wenig später gefragt. Auch diese Frage entpuppt sich als rein rhetorisch, kaum gefragt, geht es schon auf Stufe 2. Ich stelle mich der neuen Herausforderung. Mit der mir angeborenen Willenskraft schaffe ich es, einen mittleren Weg zwischen Kollision mit den Holmen (vorne) und Absturz in Nichts (hinten) zu bewerkstelligen.

Einige Adrelanlinstöße später ist die Tortur schließlich überstanden.

„Du hast eine erhebliche Belastung im Mittelfußbereich, direkt nach dem Aufkommen." wird mir erklärt. Ein Finger tippt auf die Stelle des Computerausdrucks, auf der dies klar ersichtlich sein soll.

Könnte von den knapp 100 Kilo oberhalb des Mittelfußbereiches kommen, denke ich mir, behalte diese Schlussfolgerung aber für mich.

„Also da musst du schon einen Schuh mit extrem guter Federung..."

Er sagt noch mehr. Irgendwas von Innen-, Zwischen- und Sonstwassohlen. Von gelierten, gedämpften und vermutlich auch kross ausgebackenen Innen- und Außenmaterialien. Von Abrollverhalten, Aufprallkräften und entgegenwirkenden Polsterungen. Sogar Waben und Zellen sollen in einigen Schuhen vorhanden sein, was mir - bei aller Sympathie für Biotope – nun doch etwas zu weit geht.

Während ich eifrig nicke, bemühe ich mich um eine Harmonisierung von stark schwitzenden Außenflächen und pochendem Innenleben. Zudem strebe ich einem raschen Entkommen aus dieser als zu eng empfundenen Laufzelle entgegen. Also einige ich mich mit Olympikus und Pat auf einen Kompromiss: Sie kriegen 500 €. Ich kriege meine Classic-Shorts, das Carl Lewis-Shirt, die Selassie-Top-Performers (den Mercedes unter den Laufschuhen) sowie diverse Schweißbänder, Transpirations-aktive Shoe-Inlets und farblich abgestimmte Strings.

Als ich endlich draußen bin, sauge ich erleichtert die frische Luft in meine Lungen.

„Was der Selassie alles kann, wirst du erst im Reality-Check merken", hatte man mir noch mit auf den Weg gegeben.

„Allright!", raune ich mir selbst zu. Zehn Minuten später bin ich daheim. 15 Minuten später stehe ich vor dem Spiegel. Zwanzig Minuten später greift mein mit Nucki-Schweißband umschmeicheltes Handgelenk nach der Türklinke. Dann swingt Heili Selassie mitsamt meiner Wenigkeit megasoft die Treppe hinunter, der Piste entgegen.

Schritt 4 – 5004: Fünfkilometerlauf (Planungsvorgabe)

Kaum im Treppenhaus, öffnet sich die stets nur angelehnte Tür und Frau Bender tritt hervor.

„Mein Gott, Herr Wächter! SIE laufen???" fragt sie, schlägt die Hand vor den Mund und reißt die Augen auf, als ob sie den Leibhaftigen gesehen hätte.

Drei Dinge stören mich an dieser Begegnung.

Erstens, dass die Bender wie 1000 mal zuvor hinter der Tür lauerte, um dann ungefragt mein Leben zu kommentieren; diese verdammte, ewig neugierige, tratschende alte Schachtel!

Zweitens, die Art und Weise wie sie das Sie betont und zu einem SIE werden lässt. Gerade so, als ob mein Wiedereinstieg in das Sportlerleben der ungewöhnlichste Vorfall des Jahres wäre.

Drittens und am meisten: Sie selbst, diese verdammte, ewig neugierige, tratschende alte Schachtel! Aber hier wiederhole ich mich wohl.

Alle drei Aspekte behalte ich für mich, weil nur so a.) die bereits in mir aufgebaute Körperspannung und b.) der letzte Rest an vorgespielter Harmonie in der Hausgemeinschaft erhalten bleibt. Also presse ich nur ein bejahendes „Hmm" hervor und entfliehe zwei Stufen auf einmal nehmend diesem sich als Wohnanlage tarnenden Sarkophag.

Mit Stolz erhobenem Kopf und weit ausholenden Schritten presche ich davon. Voller Elan lasse ich den Gestank von Reinigungs- und Desinfektionsmitteln hinter mir. Die unautorisiertes Parken und lautes Lachen nach 22 Uhr betreffenden Verbotsschilder sausen nur so an mir vorbei. Dynamisch schnellen meine angewinkelten Arme auf- und ab; gerade so, als ob ich einen unsichtbaren Gegner mit Kinnhaken niederstrecken wollte.

Den gegenüber liegenden Wohnblock mit all den sich hinter Fenstern bewegenden Vorhängen habe ich ca. 20,8

Sekunden hinter mir gelassen. Dann ist die schützende Uferböschung am Fluss erreicht. Was auch höchste Zeit ist.

Mein Herz hat unterdessen entsetzt die ungewohnte Herausforderung erkannt. Die letzten zwanzig Jahre hat die gute alte Pumpe 60-mal pro Minute Blut in die wichtigsten Organe befördert. Für langweilige Arbeitssitzungen, dösen am Computer und chillen auf dem Fernsehsessel hatte das völlig gereicht. Nun plötzlich knapp 100 Kilo mit der für Kurzstreckensprints erforderlichen Menge an Blut zu versorgen, ist schlicht unmöglich.

Zunächst wird der Protest mit einem an eine beschleunigende Galeere erinnernden Herzschlag zum Ausdruck gebracht. Als dies nicht hilft, ertönt ein innerer Technobeat, der in Speed-Metal übergeht. In meinen Ohren dröhnt es besorgniserregend. Meine Lunge schließt sich pfeifend der inneren Protestveranstaltung an, auch sie weigert sich, die benötigten Mengen an Sauerstoff bereitstellen. Die aus Achsel- und sonstigen Höhlen strömenden Bäche von Schweiß unterstützen solidarisch die Forderung nach sofortiger Einstellung meines Sportlichkeitsanfalls.

Leicht schwankend halte ich mich an den Metallstangen der Uferbegrenzung fest. Dehnungsübungen imitierend ringe ich nach Atem, Durch den in meinen Augen beißenden Schweißfilm hindurch sehe ich nur verschwommen, wie sich im unteren Bereich des Sichtfelds eine Art Blasebalg auf- und abbläht. Nach zwei Minuten, die ausschließlich von der imperativ in mir hallenden Forderung nach Luft bestimmt werden, tauchen langsam wieder klare Gedanken in mir auf.

Geübt in positivem Denken stellte ich fest, dass ich einen Teil der Tipps fürs richtige Laufen schon jetzt umgesetzt habe. Ohne großes Überlegen, sportlich intuitiv, sozusagen, habe ich mühelos die 140er Pulsmarke erreicht, ja sogar spielend überschritten. Das war schon einmal gut. Der goldene Jogger-Tipp, den richtigen, ganz persönlichen Rhythmus zu finden, konnte hingegen noch nicht vollständig umgesetzt werden. Hier gibt es Handlungsbedarf.

„Allright", sage ich zu mir, „take it nice and slow."

Ich fahre – bildlich gesprochen - die Schlaffrequenz herunter. Schön langsam und bewusst setze ich meinen linken Fuß auf. Dem dumpfen Plopp folgt mit einer gewissen Verzögerung das zustimmende Nachwippen meines Bauchs und meiner linken, hinteren Backe. Dann sorgsam, ja fast liebevoll, schwinge ich das rechte Bein nach vorne. Auch diesmal wippen meine vorderen und hinteren Körperteile bejahend. Das satte Geräusch beim Auf- und Abschwingen von Bauch und Po kann man durchaus als Applaus interpretieren.

Nun so weitermachen. Atmen nicht vergessen, schön tief und im Takt der inspirierenden Laute. Na also, geht doch.

„Du hast Deinen Rhythmus gefunden", flüstert mir eine innere Stimme zu. „Nun bleibe ihm treu und kümmere dich nicht um die Vergänglichkeiten in der Welt des Scheins."

So sei es. Eigentlich ist es ganz einfach, ganz selbstverständlich. Nach jahrelangen Irrungen kommt meine wahre Natur, die Essenz meines Seins, zum Vorschein.

Ein dunkelhäutiger Kollege fliegt an mir vorbei und würdigt mich keines Blicks. In unverschämt knappen Shorts und mit einem Muskel-Shirt in der Größe eines Sabberlätzchens stellt er seinen durchtrainierten Body zur Schau.

Du hast schön Laufen, denk ich mir. Kein Wunder, dass du so gebaut bist, wenn dir in der Jugend Kokosnuss und Ananas in den Mund gefallen sind, dich die Tropensonne verwöhnte und du jede Nacht zu Steeldrums und Buschtrommel gegroovt hast. Da wachsen die Muskeln ganz von alleine, da muss man überhaupt nichts für machen. Während unsereiner schauen muss, wie er ein paar Vitamine aus dem Winterkohl saugt und mit zweimal Sonnenstudio pro Woche quälende Dezemberdepressionen im Schach hält.

Aber wie gesagt, es berührt mich nicht.

Mein Stil verweist auf teutonische Tugenden. Gleichmäßig wie der Kolben eines Dieselmotors treffen meine Füße auf dem Fußgängerweg auf. Wie Pleuelstangen fahren die Ellbogen vor und zurück und unterstützen die Versorgung mit dringend benötigtem Sauerstoff. Meine Atemstöße erinnern mich an die in meiner Kindheit noch fahrenden Dampflokomotiven. Ein- und Aus, ein und aus. Unerschütterlich. Unbeirrbar.

Ein Mann mit eingefallenen Wangen und grauem, halblangen Haar überholt mich mit nervös tickenden Walking-Stöcken. Die angeberisch glänzenden Aluminiumstangen berühren mich fast. Der Mund des Alten ist halb geöffnet, schnaufend und mit starr geradeaus gerichteten Augen eilt er einem weit in der Ferne liegenden Ziel entgegen.

Möge er Friede finden.

Jugendliche in Badelatschen nähern sich. Der Geruch von verbotenen Gräsern haftet ihnen an. In wenigen Minuten haben sie mich hinter sich gelassen und sind hinter der nächsten Kurve verschwunden.

Sollen sie doch.

Ein Dackel nähert sich von hinten. Für ein paar Sekunden bin ich abgelenkt, mache mir Sorgen um meine Waden. Aber es passiert nichts, aus treuen Augen schaut mich Waldi an und saust dann an mir vorbei. Wenig später folgt sein Herrchen und grüßt im vorübergehen höflich mit dem Gehstock.

Ich schnaufe kurz zurück, lasse mich aber nicht beirren, laufe weiter, einfach nur weiter.

Ab Schritt 605: Hinterfragung der Planungsvorgabe

Eigentlich könnte ich immer so weiter laufen, ganz in meinen Takt versunken. Ohne weitere Aufgabe, als einen Schritt an den anderen zu setzen, zu atmen und zu schauen, was das Leben am Wegesrand mir darbietet.

Bei der zweiten Brücke (also nach 452 Metern) nimmt das „eigentlich" in dieser Aussage allerdings zu.

Bei der dritten (also nach 605 Meter) übernimmt es die Kontrolle.

Was entscheidend an neuen Rückmeldungen aus dem Inneren meines Körpers liegt. Als erstes meldet sich mein rechtes Knie. Eine zu Beginn nicht einmal unangenehme Wärme rund um die Kniescheiben breitet sich aus und wird alsbald von einem stechenden Schmerz begleitet.

Wer mich kennt weiß, dass ich mich von so etwas nicht aus der Ruhe bringen lasse. Ich verlagere das Gewicht auf den linken Fuß und beiße in bester deutscher Tradition die Zähne zusammen.

Was nach ein paar Metern allerdings der linke *biceps femoris* übelnimmt. Indem er krampft und stechende Signale an das Kleinhirn sendet. Ein Griff an den Oberschenkel schafft ein wenig Linderung.

Aber dann melden sich Muskeln, die ich schon lange nicht mehr auf dem Bildschirm hatte. Rund um die Körpermitte, zum Beispiel. Das müssen die Adduktoren sein, von denen in der Sportschau immer so viel zu hören ist.

Hinzu kommt, dass sowohl *Champ* als auch *Carl Lewis* patschnass sind und die an meinen Füßen landenden Schweißbäche selbst vom *Selassie* (dem Mercedes der Sprinterschuhe) nicht absorbiert werden können.

Kurzum, wenn die Adduktoren zu machen und *Lewis*, *Selassie* und *Champ* nach Hause wollen, sollte man nicht im Weg stehen. Also Kehrtwende! In staksigen Schritten geht es zurück nach Hause.

Letzter Schritt: Ice, ice, baby!

Daheim angekommen, fällt mir der Innenverteidiger Per Mertesacker ein. Der musste nach 90 Minuten Kampf Mann gegen Mann erst einmal in die Eistonne.

Tonnen habe ich nur drei; die stehen unten vor der Haustür und stinken. Daher muss ein Eimer reichen. Von sportlicher Betätigung beflügelt kreiere ich mein eigenes Hausrezept:

Man nehme acht Eiswürfel, schmeiße sie in einen Eimer und fülle das Ganze mit möglichst kaltem Leitungswasser auf. Nun gibt man die verbliebenen zwei Eiswürfel in ein auf einem Tablett bereitgestelltes Cocktailglas, fügt zwei Fingerbreit Campari hinzu und fülle mit kaltem Soda auf.

Füße nun in den Eimer tunken und Eis-Kaltwassermischung mit eben diesen gut umrühren (nicht schütteln). Cocktailglas ergreifen und Campari-Soda mit dem Finger umrühren, dann kräftigen Schluck trinken. Nun ganz nach Bedarf einzelne Eiswürfel aus Eimer (nicht aus Glas!) nehmen und schmerzende Körperteile im Adduktoren-, Meniskus oder Achillessehnenbereich ausgiebig eisen.

Verbleibende Eisteilchen nach der Behandlung in den Eimer zurückwerfen; „Geil!" rufen und sich mental mit ebenfalls wacker gegen Sportverletzungen ankämpfende Brüder im Geiste verbinden. Noch einen kräftigen Schluck Campari-Soda nehmen und dann chillen. Einschlafen vermeiden, da sonst Unterkühlung droht.

Nach ausreichender Abkühlung Armlehnen ergreifen, in einer weichen Bewegung hochstemmen und zwei Sekunden in Streckhaltung verharren. Dann Füße mit Schwung nach oben ziehen und Abgang rückwärts gestreckt über die Rückenlehne.

Federnd aufkommen, Arme nach vorne strecken und vor Jury verneigen.

Falls Abgang so nicht möglich (Adduktoren! Alter! Alkohol!), einfach aufstehen, Füße abtrocknen und ins Bett gehen.

...dem Aufstieg und Fall des Gärtners Thaddeus Blum

Krähen über Oberdubel

Die Krähen hatten einen Heidenspektakel veranstaltet. Zeternd waren sie auf den am Hang gelegenen Garten herabgestoßen. Hatten sich die Beute strittig gemacht und im Flug nacheinander gehackt. Keiner der dunklen Gesellen hatte sich vertreiben lassen. In immer neuen Wellen waren sie zu dem Grundstück zurückgekehrt, hatten sich ungelenk auf dem rostigen Drahtzaun niedergelassen und waren dann wieder auf ihren Fang herabgestoßen. Und es waren mehr geworden, immer mehr.

Willi, der in Oberdubel unterhalb des Gartens wohnende Bauer, hatte das Schauspiel schon eine Weile beobachtet. Er hatte nach oben geschaut, den Kopf geschüttelt und ein Paar Gabeln Heu gewendet. Dann hatte er ein paar Gabeln Heu gewendet, den Kopf geschüttelt und wieder nach oben geschaut.

Der Krach war immer lauter geworden. Der Himmel war erfüllt gewesen von dunklen Wirbeln; das Gezanke und Gezeter hatte einem den Verstand geraubt.

„Ha Nei!", hatte Willi gemurmelt, den Kopf geschüttelt und noch ein paar Gabeln Heu gewendet. Dann hatte er wieder hochgeschaut und schließlich seiner im Gemüsegarten werkelnden Frau zugerufen:

„Erna! Do is ebbes groddefalsch. I geh emol nuff."

Er war über den Elektrozaun der Viehweide gestiegen und mit stetigen Schritten den Hang hinaufgelaufen. Als er den von Dornen umwucherten Garten erreicht hatte, war er wie vom Donner gerührt stehen geblieben.

„Awah!", war es ihm entfahren.

„Willi?", hatte Erna gerufen, die seinen Schrei bis ins Tal gehört hatte.

„Ha Nei! Ha Nei!", hatte Willi erneut gerufen.

„Willi!!!" Is de nit gud?", war es aus dem Tal zu ihm hinauf gehallt.

Was Willi gesehen hatte, war zu gruselig, um es zu beschreiben. Erna berichtete später, dass er den ganzen „Obend" den „Dadderich" gehabt hätte. Erst ein Vierdele Gutedel und dann noch ein Achtele hätten ihn wieder halbwegs hergestellt.

Sieben Minuten nach dem von Erna abgesetzten Notruf, war der Krankenwagen aus Unterdubel eingetroffen. Zwei Minuten später die Polizei. Weitere vier Minuten später der Pfarrer. Dann das Bestattungsinstitut; Gerda von der Bürgerverwaltung und Herbert, der Lehrer.

Nach einer Stunde waren mehr als 100 Ober- und Unterdubler am Hang versammelt gewesen. Sie hatten ab und an einen Blick über den Zaun geworfen und sich dann bekreuzigt. Der Pfarrer hatte den Messdiener losgeschickt, um die Glocken zu läuten. Die Erde hatte vibriert von den dumpfen Schlägen. Im Hintergrund hatten die Krähen gezetert, die von ihrem grausigen Mahl vertrieben worden waren.

Wir könnten nun ausgiebig aus dem Polizeibericht zitieren, der von „einem schrecklichen Unfall", von „unfreiwilliger Selbstverstümmelung" und von „einem Schlachtfeld" berichtet hatte.

Wir könnten Willi zitieren, der erst in der Strauße von Oberdubel, dann in der Strauße von Unterdubel und schließlich in der Strauße von Tupfingen jedes Detail seines gruseligen Funds beschrieb, bis endlich seine Zuhörer zufrieden und er higgehagge dicht gewesen war.

Am besten beschreibt jedoch das am Tatort gefundene Tagebuch den Sachverhalt. Es beschreibt das Drama einer zarten Seele, die auszog, um in Frieden mit Mutter Natur ein einfaches und gottgerechtes Leben zu führen. Die aber stattdessen....

Aber lesen Sie selbst!

Wir schlagen das in handgeschöpftem Büttenpapier eingeschlagene Notizbuch im März auf. Neu hergezogen, begann sich der werdende Gärtner Thaddäus Blum auf das vor ihm liegende Anbaujahr zu freuen:

Zurück zur Kuhzunft

23. Februar

Endlich, endlich ist es geschafft! Ich habe den Lärm stinkender Autos hinter mir gelassen! Bin der Unruhe der

Stadt entflohen und ganz im grünen Jetzt angelangt! Mitten zwischen Kuhweiden, Bauernhöfen und Obstfeldern liegt mein neues Zuhause. Hier ist es ruhig, so herrlich ruhig! Der Garten liegt noch schlafend da. Mit Schnee bedeckte Hügel umranden dieses Fleckchen Eden. Der Ausblick auf das Tal ist atemberaubend!

Abends sitze ich am Kaminfeuer. Ich danke dem Herrscher für die Gnade, meine Knochen am Feuer wärmen zu dürfen. Welch ein Geschenk der Natur, dass ein verstorbener Baum mir mit seiner Feuerglut diese Wohltat schenkt! Neben mir steht mein neuer Kräutertee „Abendwohl". Erfüllt von Wärme blättere ich in meinen Gartenbüchern.

Ich fühle mich tief verbunden mit dem ewigen Kreislauf der Natur! Habe bereits alle Fensterbretter geräumt und mit Deckchen belegt. Auf jedem Deckchen steht eine Frühsaatschale. Hinter den Saatschalen halte ich in Gläsern die Saatgutbeutel bereit. Auf Zetteln ist der ideale Termin für das Ausbringen der Saat in die Frühsaatschalen notiert.

Vier Gießkannen habe ich gekauft und zwischen den Schalen platziert. So kann ich das Wasser in genau gleichen Teilen auf die Frühsaat ausbringen. Bevor ich mich zur Nachtruhe zurückziehe, gehe ich mental die einzelnen Schritte des Ausbringens der Samen, der Düngung und der Wässerung durch.

Wenn es doch schon Mai wäre!

3. März 2016

Abheeti kam heute vorbei, um den Garten zu segnen. Ich habe Abheeti auf dem Wochenmarkt in Dutzlingen kennen gelernt, wo sie sich Waltraud nennt und Biogemüse verkauft. Wenn man sie in Schürze und Kopftuch am Stand sieht, ahnt man nicht, was für ein Geisteswesen sich da zwischen Radieschen und Kräutern verbirgt.

Aber Waltraud, beziehungsweise Abheeti, hat es faustdick hinter den Chakren. Sie ist bei OmPrakash in die Lehre gegangen, hat sie mir erzählt, und es dort zur Seherin dritten Grades gebracht. Bei Udaramati, der Weisen, stehe sie in Sachen Segnung schon vor der sechsten transzendentalen Pforte.

Ich habe mir von ihr den einen und anderen Tipp fürs Bio-Gärtnern geholt. Gegen eine kleine Spende sorgt sie nun für gute Schwingungen bei mir im Garten. Vorne bei den Rosen hat sie geräuchert. Beim zukünftigen Bohnenbeet hat sie Klangschalen erklingen lassen und bei den Brombeeren hängen nun Geisterfänger. Außerdem hat sie vier Kraft-Steine vergraben; für jede Himmelsrichtung einen.

10. März 2016

Ich kann die Wirkungen von Abheetis Segen noch nicht recht erkennen. Der Zauber wirkt wohl unterirdisch. Außerdem ist es noch nasskalt. Bei einem solchen Sauwetter trauen sich auch Feen und gute Geister nicht vor die Tür.

Befasse mich gerade mit Goethes Farbenkreis. Wäre es nicht schön, Blumen gemäß seiner Farbsymphonie anzubringen? Das schöne Rot stände dann neben dem edlen Orange. Das gute Gelb neben dem nützlichen Grün. Nur mit dem gemeinen Blau tu ich mich noch schwer. Soll ich auf blaue Blumen verzichten, nur weil der Dichterfürst es so empfand? Während mein mit Waldhonig gesüßter Abendwohltee mir die Kehle hinunter rinnt, denke ich darüber nach. Das Prasseln der Holzscheite begleitet mich.

Im Märzen der Gärtner

21. März

Frühlingsbeginn! Ich kann einfach nicht mehr warten und habe auf den Fensterbeeten ausgesät. Erst einmal Salate, Fenchel, Brokkoli, Sellerie, Mangold, Kürbis, Zucchini, Gurke, Paprika und Aubergine. Dazu noch ein paar hübsche Frühlingsblumen.

Meine Fensterbänke haben nicht ausgereicht. Ich habe daher alle verfügbaren Tische in die Nähe der Fenster gerückt und gut dreißig mit Blumenerde gefüllte Keksdosen und Tupperschalen darauf gestellt. Da nun kein Tisch mehr frei ist, muss ich im Stehen an der Anrichte in der Küche essen. Aber das ist nicht weiter schlimm, Hauptsache, meinen Keimlingen geht es gut.

25. März

Die Sonne will noch nicht recht! Dunkle Wolken verbergen ihre segnende Kraft. Ich behelfe mir mit einem Wärmestrahler. Der Küchenwecker erinnert mich jede volle Stunde daran, den Wärmestrahler zur nächsten Pflanzschale zu bringen.

Ich habe über die Methode des Vereinzelns nachgelesen. Dabei sollen gerade geschlüpfte Keimlinge erneut umgepflanzt werden. Dies stellt einen erheblichen Schock für die zarten Pflänzlein dar. Viele überleben das Umpflanzen nicht, nur die stärksten schaffen es. Selbsternannte Meistergärtner halten dies für die beste Methode, um widerstandsfähige Pflanzen für die Aussaat ins Freiland zu haben.

3. April

Es ist höchste Zeit für den Rückschnitt der Hecken. Ich bin ein bisschen spät dran, es könnte sein, dass schon Vögel darin brüten. Um nicht zu viel Lärm zu machen, habe ich mir Stofftücher um die Arbeitsschuhe gewickelt und bewege mich nur auf Zehenspitzen. Wie von Abheeti empfohlen, habe ich die Seelen der vielleicht schon brütenden Vögel um Verzeihung gebeten. Habe ein gutes Gefühl dabei. Ich glaube, meine Bitten werden angenommen.

Von Menschen und Läusen

5. April

Meine armen Rosen! Hunderte von Läusen haben sich auf ihnen niedergelassen. An manchen Stellen sind die Blätter und Knospen vor lauter schwarzen Punkten nicht mehr zu sehen!

Bei der Genossenschaft in Unterdubel habe ich mich nach Bürsten zum Abkehren der Läuse umgeschaut. Man wollte mir grobes Gerät verkaufen, mit denen ich die niedlichen kleinen Tiere sicherlich zerquetscht hätte. In der Kosmetikfachabteilung der Drogerie habe ich schließlich einen extra-weichen Puderpinsel erstanden. Wenn ich vorsichtig vorgehe, passiert den kleinen Krabbeltierchen nichts.

7. April

Das Abbürsten der Läuse erweist sich als äußerst mühsam. Ich habe mir am linken Arm eine Sehnenscheideentzündung geholt.

Im Internet habe ich recherchiert, dass jede Laus bis zu fünf Nachkommen am Tag hervorbringt und diese nach wenigen Wochen selbst wieder Larven gebären. Ich habe meinen Taschenrechner geholt, um die Lage besser einschätzen zu können. Bei meinen Rosensträuchern leben derzeit ca. 20 Läuse auf einem Blatt. Bei in etwa 100 Blättern ergibt dies um 2000 Läuse pro Hecke. Rechnet man den bei Läusen üblichen Fortpflanzungsdrang mit ein, werden in einigen Wochen bereits 10.000 Läuse auf meinen Rosen wohnen.

Wissenschaftliche Fakten können manchmal ein Schock sein! Ich habe meinen superweichen Puderpinsel zur Seite gelegt und mich mit dem Wasserschlauch bei einem der vier Hecken ans Werk gemacht.

Als ich die Hecke nach zehn Minuten Intensivdusche inspizierte, fand ich keine einzige Laus mehr. Leider hat es aber auch die zarten Knospen erwischt, die zu Hauf am Boden liegen. Ein leicht sub-optimales Ergebnis. Ich werde heute Abend noch einmal nachschlagen, was es sonst noch für Lösungen gibt.

8. April

Eine Lösung ist die Lösung! Und zwar eine aus Essig, Knoblauch und Wasser. Erst als ich den Sud bei der zweiten Hecke aufgesprüht habe, ist mir der letzte Absatz des Fachartikels aufgefallen: „Es kann bis zu einem Jahr dauern, bis die Läuse verschwinden, aber es wirkt." Ein Jahr ist nun doch ein wenig lang. Ich werde morgen andere Methoden ausprobieren.

9. April

Ich gehe die Sache nun ganz systematisch an. Die mit Wasser abgeduschte erste Hecke (WaHK 1) ist zwar Läuse-, aber auch Knospenfrei. Blütentechnisch ist die Methode daher als gescheitert anzusehen.

Der Essig-Knoblauch-Hecke (E.K.H. 2) muss ich noch ein Jährchen bis zur Besserung einräumen. Ich habe ein kleines Vokabelheft unter einen Stein gelegt und nehme mir vor, die Behandlung wöchentlich zu wiederholen. Den Lausbestand werde ich alle vier Wochen quantitativ erfassen.

Schmierseifenbehandlung ist für Hecke SSH 3 vorgesehen. Hierzu mische ich einen Liter Wasser mit einem Esslöffel Schmierseife und sprühe damit die Blattläuse von den Blättern ab. Wie in der Rezeptur empfohlen, gebe ich noch einen Spritzer Spiritus hinzu.

Für die vierte Rosenhecke (BSH 4) stelle ich gerade Brennnesselsud her. Trotz Gartenhandschuhen haben mich die feinen Härchen an den Unterarmen, den Fußknöcheln und sogar an der Wange verbrannt. Juckt fürchterlich. Habe mir eine Tonerde-Heilpackung auf die versehrten Hautpartien aufgetragen.

10. April

Bei SSH 3 haben fast alle Parasiten die Hecke verlassen. Hinzugekommen sind allerdings hässliche Flecken auf den Blättern. Ein wenig erinnern die Blätter nun an Willi s gescheckte Kühe. Das Aussehen ist als Rosenuntypisch zu bezeichnen.

Auch für BSH 4 empfiehlt der Bio-Blogger „eine ausgiebige Behandlung über einen längeren Zeitraum". Ich habe daher vorsorglich 5 weitere Packungen Heilerde und ausreichend Verbandsmaterial besorgt.

Bin mit meiner Versuchsreihe zu Rosenzucht und biologischer Läusebekämpfung nicht vollends zufrieden. Ich habe daher einen Gärtnerverein angerufen. Herbert, ein ausgefuchster Rosenzüchter, war total hilfsbereit und will bald vorbeischauen. Ich freu mich schon auf seine Tipps!

Über Triebe, Geilheit und Hormone

16. April

Sie sind da! Die ersten zarten Triebe haben die Erde beiseite geschubst und räkeln sich dem Licht entgegen. Um es ihnen ein bisschen leichter zu machen, lockere ich die Erde mit einem Zahnstocher. Zudem gieße ich mit einer Pipette Nährlösung neben die Pflänzchen. Ich kann förmlich spüren, wie sich die zarten Wurzeln nach der Nahrung strecken und sie aufsaugen

Habe mir in Dutzlingen eine Lupe gekauft, um sie besser beobachten zu können. Wenn die Sonne zwischen den Wolken hervorkommt, strecken sich meine Kleinen den Strahlen entgegen. Welch eine Gnade, dies miterleben zu dürfen!

18. April

Das Vereinzeln ist mir viel zu brutal. Ich begnüge mich damit, zweimal am Tag mit den Fingern nach den Blättlein zu schnippen, um sie ein wenig abzuhärten. Habe zudem den Wasserstrahl der Sprühflasche eine Stufe härter eingestellt und knurre bedrohlich bei jedem Wasserstoß. Ich denke dies reicht, um sie auf den Überlebenskampf in Wind und Wetter vorzubereiten.

25. April

Meine Blümchen machen mir Sorgen. Sie sehen schwächlich aus und schießen in die Höhe. Aus Schaschlikspießen habe ich im Keller Rankgitter hergestellt und sie vorsichtig um die Blumen herum eingepflanzt.

28. April

Die Rankgitter haben nicht geholfen: Alle Frühsaatblumen sind umgesunken und an Ort und Stelle verendet.

Ich habe darüber nachgelesen und herausgefunden, dass sie geil waren. Auch Pflanzen, so habe ich gelernt, produzieren Hormone. Ich nehme an, dass diese Phytohormone die Keimlinge ins Verderben geführt haben: Bis in die Wurzelspitzen voll mit diesem Phytokram haben sie sich von ihrer Lust hinreißen lassen und sich hemmungslos der Sonne entgegengeräkelt. Und nun sind sie tot!

Ich habe sie an der Biegung zur Grillstelle begraben, verzage aber nicht. Den robusteren Salat- und

Gemüsepflanzen geht es gut, bald wird ihre Zeit gekommen sein!

Pflanz in den Mai

15.Mai

Hinaus! Hinaus ins Licht! In die Sonne! Ins Leben!

Die Eisheiligen sind vorbei und es ist Zeit für das Umpflanzen in Mutter Erde. In den vorbereiteten Beeten haben sich Taubnesseln breitgemacht. Mit ihren roten und weißen Blüten sind sie eigentlich zu hübsch, um sie auszugraben. Aber es muss sein. Ich grabe schön tief und stecke sie mit Wurzelballen in Körbe. Auf einer Waldlichtung pflanze ich sie wieder ein. Möge Mutter Natur entscheiden, wer überlebt und wer nicht.

Nach der Rückkehr setze ich meine vorgezogenen Salatpflanzen aus: Den Eisbergsalat weiter oben am Hang, damit er viel Sonne hat, den Kopfsalat weiter unten, damit er im Halbschatten nicht schießt.

17. Mai

Heute ist ein Tag der Trauer und der Wut!

Bin schon um sieben raus, um nach meinem Salat zu schauen. Auf dem Beet stehen nur noch Strünke! Unfassbar! Wie zerschossene Baumstümpfe auf einem Schlachtfeld ragen die nackten Strünke empor. Eine Schnecke besaß die

Frechheit, mit einem Salatblatt im Maul an mir vorbeizukriechen. Eine schleimige Spur zeichnete ihren Weg. Ich musste mich wirklich zusammenreißen, um nicht sofort Satisfaktion zu fordern!

Ich meditiere und lasse all meine Gefühle zu. In meinen Fantasien sehe ich eine französische Auflaufform für 20 Schnecken. Die schleimigen Widerlinge zappeln noch in den Mulden, während der Maître sie bereits mit Knoblauchbutter einschmiert und dann vor sich hin pfeifend in den Grill stellt. Als ob es wirklich geschehen würde, höre ich das Zischen und Brodeln der bei lebendigem Leib verbrennenden Schnecken im Grill. Ich ergötze mich daran – und lasse die Wut dann mit einem tief gebrummten OM wieder los. Innerlich gereinigt und gestärkt mache ich mich ans Werk. Mit einem Schuhkarton bewaffnet suche ich den ganzen Garten nach Schnecken ab. Als ich ein gutes Dutzend zusammen habe, trage ich den Karton mit seiner schleimigen Last nach Unterdubel. Ich setze sie auf einer Wiese so aus, dass ihr Kopf von meinem Garten weg weist. Mit geschlossenen Augen sende ich ihnen die Botschaft, dass sie ihr Glück bitte woanders suchen sollen.

18. Mai

Meine Schneckenaktion hat wohl nicht gereicht. Wieder sind Blätter abgefressen – diesmal hat es frühe Kohlsorten erwischt. Mit meinem Schuhkarton gehe ich wieder auf Jagd. Diesmal erhält jede Schnecke einen energischen Schlag auf ihr Gehäuse. Ich sage zudem mit lauter und deutlicher Stimme, dass sie bei mir nicht willkommen sind. Beim

Aussetzen gebe ich ihnen einen energischen Schubs in die von meinem Garten wegweisende Richtung.

Meisen, Falken und Kater mit Meise

19. Mai

Abheeti hat mir geraten, mich stärker um mein Totemtier, den Falken, zu kümmern. An einer gut sichtbaren Stelle habe ich daher einen Pfahl eingepflanzt und auf seine Spitze ein Stück Fleisch gehängt. Der Metzger konnte mit meiner Frage nach geeignetem Falkenfleisch nichts anfangen. Ich habe mich für Rinderhüfte entschieden; Filet war nun doch ein wenig zu teuer. In kleinen Portionen habe ich es eingefroren, taue jeden Abend ein Stück auf und gebe es als Opfer meinem Totemtier. Habe diesen Herrn der Lüfte „Watong" getauft.

22.Mai

Meine Geschenke an Watong kommen gut an. Jeden Morgen ist die Stange leergefressen. Auch sonst ist es um meinen Garten gut bestellt. Der Fenchel reckt sich mit zartem Grün der Sonne entgegen. Die Zucchiniblätter sind schon Handtellergroß; grün und kräftig strecken sie sich der Sonne entgegen.

Nun dürfen die Wärmeliebenden nach draußen. Tomaten gesellen sich zu Paprika, Gurken blühen neben Auberginen. Im Beet daneben habe ich Chicorée ausgesät. Manchmal höre ich den Ruf des Falken, der unweit des Beetes in den Lüften kreist. Stets verneige ich mich und grüße mit nachempfundenem Falkenruf zurück.

24.Mai

Vögel mögen Chicorée. Zumindest deren Saat. In wahren Scharen fliegen Spatzen und Meisen heran und tummeln sich auf meinem Gemüsebeet. Ich klatsche leise, um sie nicht zu sehr zu erschrecken. Solange ich in der Nähe des Beets bleibe, reicht dies. Sie ziehen sich in Bäume und Büsche zurück, beobachten mich aus ihren frechen kleinen Äugelein und hüpfen munter von Ast zu Ast.

Gehe ich ein Stück weg, sind sie nach ein paar Minuten wieder da und picken fleißig. Habe mich daher zu einem energischeren „Nun, aber weg!" entschlossen.

25. Mai

Die Vögel haben wohl statt „Nun aber weg!" aus Versehen „Nun isser weg" verstanden. Meine Abwesenheit ausnutzend haben sie das ganze Beet ratzeputz leergefressen; ich entdecke kein einziges Saatkorn mehr in der Erde. Ich säe daher noch einmal aus und spanne zum Schutz ein Netz über der Erde.

28. Mai

Gestern habe ich eine Maus den Totempfahl hochsausen sehen. Später auch eine größere; es könnte sich um eine Ratte gehandelt haben. Mir kommt der Verdacht, dass ich in die letzten Tage nicht Watong, sondern Nagetiere gefüttert habe. Dieser Verdacht wird durch verdächtige Spuren in der Nähe der Beete erhärtet. Als ich vorsichtig an ein paar Pflanzen ziehe, sind mir förmlich entgegengesprungen: Die Wurzeln waren von Wühlmäusen komplett abgefressen!

1.Juni

Ich habe sofort gehandelt, mir im Tierheim einen Kater besorgt und ihn „Carlo" getauft. Im Tierheim haben sie mir erzählt, dass Carlo ausgesetzt wurde. Er brauche viel Liebe und Zuwendung. Jetzt sitzt er mir gerade gegenüber und schaut mich mit großen Augen an. Ich schubse die Plastikmaus zu ihm rüber, um ihn ein wenig auf seine Aufgabe hinzuweisen. Aber Carlo springt lieber nach Zweigen und Töpfen. Einen Zweig der Hortensie hat er bereits abgebrochen. Auf dem Balkon war ihm das kleine Windrad in meiner Toskana-Pflanzschale unheimlich: Er sprang es an und landete mitsamt Schale einen Stock tiefer auf der Terrasse. Werde mir beim nächsten Toskanaurlaub eine neue Schale kaufen.

Da Carlo für die Mäusejagd noch nicht bereit ist, werde ich heute Nacht draußen auf meiner Iso-Matte schlafen und mein Gemüse selbst beschützen.

2. Juni

Mein Kreuz schmerzt. Ich schlafe kaum noch – alle paar Minuten raschelt es draußen. Manchmal starrten mich Augen durch die Hecken hindurch an. Neben meiner Iso-Matte habe ich für meine eigene Sicherheit ein Küchenmesser deponiert.

Die Quadratur des Gartens

7. Juni

Die Terrasse flimmert. Die kleinen Steine der Waschbetonplatten bewegen sich. Ich habe dieses Phänomen zunächst meiner Übermüdung zugeschrieben. Beim genaueren Hinsehen haben sich die Steinchen als Ameisen herausgestellt. Im Gartenbuch steht, dass Ameisen tote Insekten fressen. Zudem stehe Zucker auf ihrem Speisezettel.

Habe daher eine paar tote Fliegen in der Nähe der Außenlampe gesammelt und ein gutes Stück entfernt vom Haus ausgelegt. Daneben habe ich Zucker gestreut, um sie von der zur Küche gehenden Ameisenstraße wegzulocken.

10. Juni

Die Ameisen nehmen den Zucker gerne an, kehren dann aber zum Haus zurück. Ich habe meine Baukastensteine re-aktiviert und eine 30 Zentimeter hohe Mauer quer durch die Ameisenstraße gebaut. Dies animiert die Insekten zur

Bergsteigerei: Die Ameisenstraße geht nun steil die Wand hoch und auf der anderen Seite wieder runter. Muss wohl zu drastischeren Mitteln greifen.

13. Juni

Von der Küche aus habe ich Watong über der Terrasse kreisen gesehen. Als ich in den Garten rausging, um ihn zu begrüßen, habe ich die Ameisenmauer vergessen und bin gestürzt. Die rechte Hand blutet, ich muss sie verbinden. Scheint aber nichts Schlimmeres zu sein.

16. Juni

Verdammte Ameisen, verdammte. Meine Geduld ist am Ende! Ich habe einen Salzsud angesetzt und quer über ihren Weg verteilt. Ein paar Ameisen haben sich vor Schmerzen gekrümmt. Aber das ist nicht meine Schuld – ich hatte sie gewarnt. Möge ihnen dies eine Lehre sein!

18. Juni

Mein Gemüsebeet am Osthang habe ich durch permanente Bewachung recht gut im Griff. Leider habe ich dadurch die Blumenbeete im Westen vernachlässigt. Die Zwiebeln der Dahlien und Gladiolen sind ausgegraben worden und weisen Bissspuren auf. Habe die verfluchten Mäuse im Verdacht. Um mich besser zu schützen, habe ich meinen Garten in vier

Bewachungszonen aufgeteilt. Jede Bewachungszone wird von mir alle dreißig Minuten abgelaufen.

20. Juni

Von wegen „gut im Griff"! Als ich mal weggedämmert bin, haben sich die Schnecken über die Gurken hergemacht. Drei von den Biestern habe ich im hohen Bogen den Hang hinunter geschleudert. Eine ist wohl hart aufgekommen, das Platzen des Gehäuses war gut zu hören. Geschieht ihr recht!

Meine Sommerblumenaussaat ist schon zum zweiten Mal komplett von Vögeln weggepickt worden. Das über das Beet gespannte Netz hat Carlo zum Spielen genommen. Habe eine halbe Stunde gebraucht, um ihn aus den Maschen zu befreien.

Wer anderen einen Hügel gräbt

29. Juni

Seit neuestem machen sich Maulwürfe im Garten breit. Direkt vor der Terrasse ragen drei Hügel empor. Habe ein Stück Stoff in Terpentin getränkt und in den Maulwurfbau gestopft. Ein halber Tag war Ruhe. Jetzt sind zwei neue Hügel in der Nähe des Petersilienbeets.

30. Juni

Aus Ermangelung einer Anti-Maulwurf-Sirene habe ich meinen Walkman aus dem Keller geholt und keltische Gesänge mit 100 Dezibel durch die Gänge gejagt. Der Lärm hat Willi angezogen, der mal wieder in der Luft rumsensend auf meinen Garten starrte. Den Maulwurf hat es nicht weiter gestört: Nach einem Stündchen Pause hat er drei weitere Hügel in Planquadrat 3 errichtet, und zwar mitten zwischen den Tulpen.

2. Juli

Gestern habe ich den Eiseneimer hervorgeholt und über die neu gegrabenen Maulwurfshügel gestülpt. Schlage mit einem Spaten darauf, das ganze Tal hallt von den Schlägen wieder. Willi soll ruhig blöd glotzen, das ist mir unterdessen völlig egal. Tanze extra für ihn wie ein Indianer um den Eimer herum und haue auf das Metall ein, bis es völlig verbeult ist. Jetzt kann Willi ruhig in die Strauße gehen und was von dem verrückten „Reingeschmäckten" erzählen.

Der Ohrenbetäubende Lärm hilft diesmal etwas länger. Erst nach sieben Stunden entstehen neue Hügel in Planquadrat 2. Diesmal in dem für Rosenkohl und Kohlrabi freigehaltenen Beet.

Oberdubels dunkle Allianz formiert sich

4. Juli

Auf Mäusefangen hat Carlo weiterhin keine Lust. Er verfuttert Schuba-Katzenlust-Dosen im dreistelligen Bereich, richtet Verwüstungen in den Blumenbeeten an und kämpft mit den Hortensienzweigen.

Eben ist er auf den Opferpfahl hochgeklettert, um an das für Watong aufgespießte Fleisch heranzukommen. Sein durch Schuba-Katzenlust angereichertes Gewicht hat er wohl unterschätzt: Auf halbem Weg ist er mitsamt dem Pfahl schön langsam umgesunken. Erst im letzten Moment hat er sich mit einem Satz gerettet, der Pfahl ist in Richtung Willi die Kuhweide hinunter gerollt.

7. Juli

Habe mich in der Fachliteratur schlau gemacht und nun eine Mischung aus Molke und Buttermilch in die Maulwurfsgänge gegossen. In die Mauslöcher habe ich Knoblauchzehen gesteckt.

10. Juli

Es ist Zeit für die Quartalserhebung des Läusebefalls. Bei meiner Essig-Knoblauch-Rosenhecke komme ich nach drei Stunden sorgfältigen Zählens auf 573 Läuse. 17 muss ich abziehen, die saßen auf einem abgestorbenen Blatt, das am Ende des Zählvorgangs zu Boden segelte. Also 556. Bei meiner letzten Zählung waren es noch 587 gewesen. Ich bin also auf dem richtigen Weg; der Heilungsprozess dauert nur ein bisschen länger als erwartet.

12. Juli

Gehe gegen die Schnecken nun mit Bierfallen vor. Ein paar sind in den Schalen ersoffen, aber anscheinend hat sich der delikate Geschmack des hopfigen Getränks bei weit mehr Schnecken im Umland herumgesprochen. Neben der Weg- und der Weinbergschnecke haben sich nun auch gepunktete Tigerschnecken, gestreifte Bänderschnecken und mit feinen Netzlinien überzogene Ackerschnecken bei mir eingefunden. Könnte eigentlich ein Schild „Schneckenstraußwirtschaft" draußen aufhängen.

Habe versucht, Carlo auf die Schnecken anzusetzen. Die bewegen sich aber zu langsam, sein Jagdinstinkt wird durch ihr schleimiges Gekrieche nicht geweckt. Stattdessen fand er Geschmack am Bier, mein Monsterkätzchen hat mehrere Schalen leergeschleckt und ist dann Johannisbeeren jagen gegangen. An den anvisierten Johannisbeerzweigen ist er mehrfach vorbeigeseegelt.

14. Juli

Herbert vom Gartenverein hat gestern Abend endlich vorbeigeschaut. Starker Kaffee oder Kaffeesatz sei ein gutes Mittel gegen Schnecken, hat er mir verraten. Aber lange geblieben ist Herbert nicht. Er hat mich die ganze Zeit komisch gemustert. Lag vielleicht an meiner Tonerdenmaske; bei der Behandlung von BSH 4 hatte ich einen Spritzer Brennesselsud ins Gesicht bekommen. Herbert hat zudem die ganze Zeit nervös rumgeschnuppert und sich dann ein Taschentuch vor die Nase gehalten. Hat mein Grundstück fluchtartig verlassen.

17. Juli

Habe um die Beete herum extrem starken und gesüßten Espresso in Schalen gegossen. Mal sehen, ob das den ekligen Kriechern den Garaus macht.

18. Juli

Da die bisherigen Erziehungsmaßnahmen nicht fruchten, setze ich bei den Schnecken nun einen Goldschmiede-Hammer für energischere Warnungen ein. Habe wohl etwas zu stark auf die Gehäuse der Tiere gehauen. Bei drei Schnecken konnte ich nur noch den Tod feststellen. Habe sie anständig begraben und ihnen alles Gute für ihre Reise bis zur nächsten Reinkarnation gewünscht. Wünschte ihnen zudem von Herzen, dass sie nie mehr ein Leben als schleimige, salatfressende Widerlinge verbringen müssen.

21. Juli

Carlo scheint seinen zweiten Frühling zu erleben. Er interessiert sich kein bisschen mehr für die Hortensien- oder Johannisbeerjagd. Stattdessen jagt er wie besessen um das Haus herum. Auf seiner Rundlaufstrecke haben sich bereits Kuhlen in der Erde gebildet. Ist auch sonst völlig aufgedreht und hyperaktiv.

Ich bin bei einem Wachrundgang schon zum zweiten Mal über Dornenranken gestürzt. Sie haben ihre scharfen Klauen genau auf dem von mir benutzten Weg ausgefahren. Gehe unterdessen von Absicht aus.

22. Juli

Die Paprikapflanzen sind nun unter Glas im Freiland. Das Glas habe ich 20 Zentimeter tief in den Erdboden getrieben. Außen herum schützt eine doppelte Reihe Stacheldraht die Gläser. Jedes Glas ist zudem mit einem 15 Zentimeter tiefen Wassergraben umgeben.

Bei einem Rundgang bin ich auf den Ursprung der Ameisenplage gestoßen: Hinter einem abgestorbenen Baumstumpf verbirgt sich ein fast meterhoher Ameisenhügel.

25. Juli

Es ist an der Zeit, eine bittere Bilanz zu ziehen:

Neueste Zählungen an den Rosenhecken haben stark abnehmende Zahlen der Läuse ergeben. Weil an den Rosen kaum noch Blätter sind und sich die Schmarotzer nun den Bohnen zuwenden.

Die Schnecken sind trotz Bier, Kaffee und Hammer überall. Eine hatte es sich sogar in der Salatschleuder bequem gemacht.

Die Vögel sitzen in den Hecken, warten auf frisch gestreutes Saatgut und verhöhnen mich zwitschernd.

Mein einstmals englischer Rasen hat sich in eine hellbraune Hügellandschaft verwandelt.

Es ist Zeit, härtere Maßnahmen zu ergreifen.

Bin daher nach Dutzlingen gefahren und habe mir eine Hausüberwachungsanlage und ein Luftgewehr gekauft. Vier Kameras scannen nun 24 Stunden am Tag den Garten! Den Monitor habe ich zentral im Wohnzimmer aufgestellt. In weniger als 10 Sekunden bin ich in Planquadrat Nord und Süd; bis Planquadrat Ost dauert es 12 und bis Planquadrat West 14 Sekunden.

Massive Attack

28. Juli

Die Komplettüberwachung durch vier Kameras zeigt ihre Nützlichkeit: Ich bin stets über alle Vorgänge auf meinem Grundstück informiert. Eben habe ich zum Beispiel genau sehen können, dass sich vor der Hortensie ein Berg erhebt. Erst zögerlich, dann immer schneller. Aus dem Kegel des Hügels hat eine kleine Schnauze herausgeschaut. Ich habe sofort reagiert und war in weniger als 10 Sekunden am Tatort. Als ich dort ankam, war ich völlig außer Atem und konnte das Luftgewehr nicht ruhig halten. Der Maulwurf hat sich in Seelenruhe in seine unterirdischen Gänge verzogen.

Fast zeitgleich haben Wühlmäuse meine erst kürzlich gesetzten Kohlpflanzen angegriffen. Gehe von einer Absprache aus: Einer lenkt ab, der andere schlägt zu.

Oben an den Obstbäumen zerfressen Raupen die Rinde.

Im Westen bei den Blumen nichts Neues.

1. August

Meine Tomaten! Nun auch noch meine Tomaten! Irgend so ein verfluchtes Monster hat die Triebe mit den noch grünen Früchten abgehackt! Überall fliegen abgehackte Reste der Zweige herum, mein Tomatenbeet gleicht einem Schlachtfeld!

Den ganzen Sommer habe ich mich auf sie gefreut und nun das! Mir reicht's und zwar endgültig! Diese verdammten Scheusale werden sehen, wer hier das Sagen hat.

3. August

Gehe nun mit schweren Hämmern gegen die Ekelschnecken vor. Den Zimmermannshammer trage ich in der rechten, den etwas leichteren Schlosserhammer in der linken Hand. Fühle die archaische Kraft Thors in mir, wenn ich beidhändig die schweren Eisenköpfe niedersausen lasse. Kann so in einer Stunde gut 20 von den Biestern erledigen.

4. August

Bin wieder über sich hinterlistig im Gras schlängelnde Dornenranken gestürzt. Es kann unterdessen als gesichert gelten, dass es sich um absichtliche und koordinierte Angriffe der dunklen Allianz handelt.

5. August

Habe mich hinter vier übereinander gestapelten Säcken Blumenerde mit meinem Luftgewehr auf die Lauer gelegt. Musste drei Stunden ausharren, bis sich die Erde bei einem Maulwurfhügel bewegte. Zersiebte den Hügel mit fünf Schüssen. Ich bin dann hinter meinen Säcken eingeschlafen und mit schrecklich schmerzenden Beinen aufgewacht. Darf mich auf keinen langen Zermürbungskampf mit diesen Bestien einlassen, das machen die alten Knochen nicht mehr mit. Suche eine baldige Entscheidung.

10. August

Ich habe im Internet zwei Motorsensen geordert. Sollen schon übermorgen da sein. Habe mir schon Tragegurte gebastelt, damit ich beide gleichzeitig einsetzen kann.

12. August

Strom! Warum bin ich darauf nicht früher gekommen. Ich habe meine Autobatterie ausgebaut und ein Kabel rund um das Salatbeet gelegt. Als Köder habe ich junge Salatpflanzen ausgepflanzt. Hat herrlich gezischt, als das erste verdammte Schleimvieh verglüht ist. Ich krieg euch, ihr Satane!

14. August

Strom könnte auch für die Maulwürfe die Lösung sein! Nur werden die lächerlichen 12 Volt der Autobatterie für die blinden Wühler nicht reichen; dann graben sie nur noch schneller. Mache daher keine halbe Sachen und spanne ein 400 Volt-Kabel vom Herd zu allen Maulwurfshügeln. Noch habe ich die Sicherung ausgeschaltet. Übermorgen bei der geplanten Großoffensive werde ich den Schalter umlegen.

15. August

Die beiden Motorsensen sind eingetroffen. Ich will mir den Überraschungsmoment wahren und werde sie erst morgen beim geplanten Angriff einsetzen. Für eine optimale Wirkung habe ich den Starkstromdraht nun auch um alle Beete verlegt.

In Richtung Ameisenbau habe ich einen Kanal ausgehoben. Zwei 10 Liter-Benzinkanister stehen bereit.

Neben meinen Blumenerde-Säcken liegen 10 Magazine Munition, ein Kampfmesser und ein Bunsenbrenner.

16. August

War heute den ganzen Tag entspannt wie schon lange nicht mehr. Habe mich mit leichter Gymnastik geschmeidig gehalten und im Keller die gleichzeitige Bedienung der beiden Motorsensen geübt. Muss gut darauf achten, dass die Sensen nicht mit dem auf dem Rücken getragenen Gewehr kollidieren.

Den Bunsenbrenner habe ich auf die Blumenbank auf der Terrasse gestellt. Ich brauche mich nun nicht bücken, wenn ich den Benzinkanal entzünde.

Dies ist der letzte Eintrag vor der Schlacht. Ich lege nun den Starkstromschalter um.

Es geht los - Gott steh mir bei!

.... den lieben(den) Beatles

Eigentlich bräuchte man gar nicht mehr selbst lieben. Einfach nur Beatles-Liedern zuhören reicht. Die machen das für einen, die haben die Liebes-Blaupause für Jahrzehnte geliefert. Zurücklehnen, aufmerksam lauschen - und schon hat man all die Energie für himmelhoch jauchzende und zu Tode betrübte amouröse Abenteuer gespart. Liebesenergieklasse A++, besonders Umwelt- und Nervenschonend.

„Was will uns der Autor mit diesen Worten sagen?", höre ich euch verbal und non-verbal fragen. Vor allem non-verbal: Ich sehe euch die Stirn runzeln, die gemeißelten Steilfalten über der Nasenwurzel könnten auch als Drainage herhalten. Also erkläre ich euch das mit der Liebe und den Beatles. Und fange mit dem Anfang an.

Schon der erste No. 1 Hit der Beatles handelt von Liebe. Der zweite und der dritte auch. Ebenso der vierte und fünfte. Mal sind sie müde, die Pilzköpfe, weil sie den ganzen Tag geschuftet haben. So müde, dass sie eigentlich schlafen müssten wie Murmeltiere. Wenn da nicht diese Dinge wären, die die Süße daheim mit ihnen anstellt (hähähä). Was das genau ist, verraten sie uns nicht. Aber wir verstehen sie auch so, oder?

Dann wollen sie Händchen halten und ihr all ihre Liebe geben. Oder sie beschreiben kurz, was sie der noch nicht ganz Gefügigen anzubieten hätten, wenn sie nur endlich willig wäre. Lippen nämlich, die die Auserkorene küssen und

127

zufrieden machen wollen die ganze Nacht (hähähä). Was sie damit meinen, verraten sie uns nicht. Aber wir verstehen sie auch jetzt, nicht wahr?

So in dem Stil geht das weiter bei den Fabulous Four. Die Augen und Münder aufgerissen, die Füße ekstatisch wippend kreieren sie immer neue Beschreibungen des gleichen Testosteron-gesteuerten Anliegens. Stets höflich und im Anzug vorgetragen trällern sie von der ach so Süßen. Die E-Gitarren-Soli klingen wie das Stottern eines Pennälers, der seiner Angebeteten Liebesverse aus dem Stegreif vorträgt. Recht ungelenk, aber eben auch in ihrer Unschuld berührend. Einen direkt vorgetragenen Beischlafwunsch sucht man bei den Beatles vergebens. Auf solche Derbheiten lassen sie sich nicht ein, diese Steine rollen an ihnen vorbei.

Nein, bei den Beatles ist sie schön. So schön, dass es einfach keine Probleme mehr gibt, wenn sie nur endlich einwilligt. Ewige Treue wird geschworen. Zärtlich werden Geheimnisse ins Ohr geflüstert. Alles scheint so einfach:

Nur er und sie und sie und er, kein bisschen mehr.

Nur sie und er und er und sie: Man lebt – und wie!

Und wir summen mit und glauben ihnen, yeah, yeah, yeah. Bis...

Bis die erste dunkle Wolke am Liederhimmel auftaucht. Ein Zugticket hat sie gekauft, erfahren wir. Sich trennen will sie, weil sie neben ihm nicht frei sein kann. Da nützen John, Paul, Ringo und George die Millionen verkaufter Schallplatten auch nichts. Das Angebot, sie doch wenigstens vom Chauffeur im Rolls Royce zum Bahnhof fahren zu lassen, verpufft. Sie flieht! „Gadack" macht der Entwerter am Bahnsteig, schnaubend schließen sich die Waggontüren. Ein schriller Pfiff, ein Fauchen, dann füllen Dampfschwaden den Bahnhof, verdecken alles was vorher mal war. Und schon ist sie weg.

Da haben wir den Salat. Die Jahre der unschuldigen Liebeserklärungen sind vorbei. Das erste die Holde darstellende Bild fällt zu Boden, klirrend zerplatzt das Glas.

Aber egal, schnell sucht man Ersatz. Eine neue Süße, ein neues Bild, ein neuer Rahmen. Aber nun erweist sich die Dame als Eintagsfliege. Nur auf *One-Night-Stands* war sie aus, das Miststück. Und wieder fliegt ein Bild im hohen Bogen vom Piano. Die Splitter landen auf der Kiste mit alten Noten. „Lieb, lieb mich doch" steht auf dem zuoberst liegenden Blatt, eine Staubschicht verdeckt die weiteren Zeilen des Songs.

Bei der Dritten wird nur noch gestritten.

Sie sagt nein, er ja.

Sie stopp, er go.

Sie „und tschüs", er hallo.

Wieder nichts. Aber einer geht noch, sagen sich die Jungs aus Liverpool. Bei der nächsten Beziehung bleiben sie voll Freud dran. „Wir kriegen das hin", tönt es nun. Von gegenseitigem Einnehmen der anderen Perspektive wird geschwärmt. Visionär trällern John und Paul von gewaltfreier

Kommunikation. Das Leben sei doch viel zu kurz, um doof rum zu machen und zu streiten.

„Wir kriegen das hin!", schallt es voller Inbrunst. „Wir kriegen das hin!"

Kriegen sie nicht. Die seelische Hornhaut ist bei diesen musischen Ausnahmetalenten wenig, die Empfindsamkeit hingegen sehr ausgeprägt. Nur Ringo gelingt es, weiter ungerührt auf sein Drumset einzuprügeln. Was soll der Liebesscheiß. Mit Hilfe seiner Freunde wird er alles überstehen, singt er ebenso laut wie falsch.

Bei den anderen drei sitzt der Liebesstachel hingegen tief im verwundeten Herz. Worauf sie tief in die Trickkiste der post-amourösen Traumabewältigung greifen:

Trick eins: Klage.

Schuld an gescheiterten Beziehungen ist die Partnerin, so sehen es Männer gerne.

Schuld an den gescheiterten Beziehungen ist der Partner, so sehen es Frauen gerne.

Statistisch gesehen geht das nicht auf. Ist den vier Herren aus Liverpool aber egal. Wie jeder Otto-Normalleidende sehen sie sich als Betrogene an und räumen sich daher das Recht zum Lamentieren ein. Früher war alles besser, so tönt es nun. Gestern sei sie noch dagewesen, warum sie weg ist, wisse man nicht. Die Zeit der großen Selbstgewissheit sei vorbei, Hilfe brauche man, bitteschön. HIIILLLFFEEE! In einer Art Rückfall wird sie auch Jahre später noch angefleht: Du weißt ja gar nicht, wie häufig ich alleine war, schallt es aus den Lautsprechern. Du weißt ja gar nicht, wie viel ich geweint habe! Mach die Tür auf! Bitte! BIIITTTTEEEE!

Trick zwei: Die Birne zurußen.

Hopp in de Kopp, alls in de Hals.

Getrunken oder inhaliert.

Eingenommen oder injiziert.

Es rauscht, und zwar mächtig.

So mächtig, dass im Marmeladenhimmel die gute Luzy erscheint und diamantenhaft vor sich hin funkelt. So stark, dass man beim Spaziergang zwischen haushohen Blumen beinahe das Zeitungstaxi vergessen hätte, dass einen doch gerade in den Himmel bringen wollte. Wenn die Wirkung nachlässt, kommt Doktor Robert mit seinem Köfferchen vorbei und schon geht sie weiter, die magisch-mysterische Reise.

Trick drei: Flucht.

Ich bin dann mal weg heißt das auf Neudeutsch. Im Unterseeboot geht es an die Entdeckung sub-mariner Welten. Als das nicht mehr reicht, wird mal eben das Universum durchquert, Millionen Sonnen strahlen in unendlicher Entfernung. Die Vier sind so weit weg, dass die mit den schönen Händen zum Halten einfach keine Rolle mehr spielt. Und die mit den One-Night Stands schon mal gar nicht, das Miststück, das Blöde.

Trick vier: Ablenkung.

War da was mit Liebesschmerz? Hat die vierte, fünfte Trennung nun doch ihre Spuren hinterlassen? Sind da Falten im Gesicht, wo früher Lachgrübchen waren?

Nö. Alles gut. Gibt doch viele andere hübsche Dinge, die es wert sind, genauer beachtet zu werden.

Den Zirkus, zum Beispiel. Also heute Abend soll zu Ehren von Mr. Kite eine Show laufen. Mit Sprüngen durch brennende Reifen. Gesungen und getanzt wird auch! Toll, nicht? (Äh, nein, eher nicht).

Oder das hier: Tralali Tralalü Tralala – es kommt wie es kommt und das Leben geht weiter. La, la, la, - und wie das Leben weitergeht! Ist das nicht klasse? (Nein, auch nicht).

Also, dann haben wir noch ein paar Kindheitserinnerungen. Von der Pfennig-Straße, wo der Friseur allen Kunden Fotos von Bekannten zeigt und eine Krankenschwester Mohnblumen verkauft. Faszinierend, oder? (Tierisch spannend, geradezu elektrisierend! Ich krieg 'ne Gänsehaut, echt, ich mein es ernst!).

Pause.

Stille.

War's das mit den Krisenbewältigungsstrategien der wohl besten Popband der Welt? Jammern. Zudröhnen. Abhauen. Ablenken. Is das alles?

Nicht ganz. Ein Kaninchen haben die Jungs noch im Zylinder. Und das Kaninchen heißt:

Trick 5: Transzendenz.

Wenn es in der blöden Realität nicht so läuft, dann wendest du dich halt einer besseren Welt zu. Also geht die Reise nach innen: Während sich der ganze Westen um Nebensächlichkeiten wie Revolution und Welterneuerung kümmert, düsen die Beatles 1968 nach Indien und üben hüpfen. Nicht irgendein Hüpfen, versteht sich, schließlich kommt hier niemand geringeres als die Beatles, sondern yogisches Hüpfen gemäß der Transzendentalen Meditation. Meditiere und hüpfe nur 1 Prozent der Weltbevölkerung, so erklärt Maharishi Mahesh Yogi, vollziehe sich ein weltweiter Quantensprung. Das Zeitalter der Erleuchtung sei dann angebrochen, überall werde Weltfrieden ausbrechen.

Was ja irgendwie so spannend klingt wie lange nichts mehr. Also spannender als die süße Rita sogar oder die liebe Jude… aber lassen wir das.

Die Beatles haben jetzt wichtigeres zu tun, als alten Beziehungskisten nachzutrauern. Die kosmische Energie will zweimal zwanzig Minuten täglich in sich gesammelt und dann in Form von Liedern in den Äther geblasen werden, damit die Welt daran genese. Was ja mal eine Aufgabe ist.

Geistig rundumerneuert und mit purem Bewusstsein machen sich die Beatles sofort ans Werk. Ging es früher eher um Themen der unteren Chakren (Emotion und Sex und so, sie wissen schon), wird nun musikalisch das Herzchakra geöffnet

Ein Lied für die arme Prudence, die an Depressionen leidet. Komm doch heraus zum spielen, bittet John sie gefühlvoll.

Das Baby soll weinen, die Mutter müsste es besser wissen, vernehmen wir. Weinen soll der Kleine, bis alles zurückkehrt zu dem, wo es herkommt.

Ein Preislied an die Sonne, das schmelzende Eis, das wiedergefundene Lächeln.

Schließlich tönt es auch aus den obersten Energiezentren der inkarnierten Seele und dem Tor des höheren Selbst, dem Kron(kork)enchakra,

„Jai Guru Dev Om", lässt Johnny-Boy Sanskrit-Verse erklingen, Vögel zwitschern im Hintergrund. Ein paar Groupies werden ins Abbey Road Studio hereingebeten und dürfen mitsingen (kleiner Rückfall in alte Gewohnheiten, aber mit geöffnetem Herzen verzeihen wir ihnen).

Warum hat Dir niemand erzählt, wie man seine Liebe enthüllt, fragt Georgie-Boy, seine Gitarre klagt herzzerreißend.

Und schließlich kommt Mutter Mary vorbei und wispert Verse voller Weisheit: Lass es sein. Auch die Getrennten werden noch die Chance erhalten, zu sehen.

Was dann auch alle versuchen. Mit der Zeit allerdings relativiert sich die Reinheit des spirituellen Sehens.

Johnny sieht eine Woche nur ein Hotelbett im Hilton in Amsterdam und danach einen verrottenden Apfel, ein Kunstwerk Yoko Ono's.

Ringo schaut sich Fotos einer Verflossenen Liebe an und landet bei der musikalischen Verarbeitung des Themas einen No.1 Hit.

Paul lässt sich Flügel wachsen und wendet sich wieder weltlichen Themen, wie schottischen Bergseen zu.

George entdeckt, dass er ein bodenständiger Mensch ist, kauft sich ein Schlösschen für 200.000 Pfund und legt drei Seen, einen Wasserfall und ein unterirdisches Höhlensystem an.

Also doch nichts mit der esoterischen Überwindung des Liebesschmerzes?

Doch lieber hysterisches Mädchengekreische als Gong-Gedröhne?

Mein Vorschlag:

Wenn sie bleibt: Yeah Yeah Yeah.

Verlässt sie dich: Om Ah Hum.

Wäre doch eine Option, oder?

.......dem Anbaggern

Monday, Monday

Es ist Montag. Montagmorgen.

Mein Wecker schreit um 6 Uhr auf. Aus Solidarität schreit etwas in meinem Inneren mit. Mit einem Handkantenschlag auf den Alarmknopf gelingt es mir, den Wecker zum Schweigen zu bringen. Der Schrei im Inneren hingegen bleibt.

Wie immer zu Wochenbeginn steigen vorwurfsvolle Fragen an das Schicksal in mir auf:

„Warum kann man nicht einfach in Ruhe gelassen werden und weiterschlafen?"

„Warum muss man an einem herrlichen Sommertag seichte Beiträge für eine Boulevardzeitung schreiben, die einen Tag später eh in der Altpapiertonne landen?"

„Und wenn das alles so sein muss – warum bin ausgerechnet ich der Leidtragende?"

Wie immer finde ich keine Antwort und beschließe, die quälenden Gedanken unter einer heißen Dusche abzuspülen. Ich taumle schlaftrunken ins Badezimmer, stürze fast über den Badewannenrand und halte mich fünf Minuten am Duschschlauch fest.

Bei der Morgentoilette beobachte ich im Spiegel, wie ein beleibter Mann mit halbgeöffneten Augen zuerst mit der

Zahnbürste und dann mit dem Rasierapparat recht unkoordinierte Bewegungen ausführt. Wenig später sehe ich denselben Mann, der sich mit weißem Hemd und schwarzer Hose das Aussehen eines Großstadtmenschen verleiht.

Dieselbe Person verlässt wenig später mit einer Aktentasche bewaffnet das Haus. Sie trottet eine belebte Straße entlang und erreicht ein vierstöckiges Verwaltungsgebäude, das in seinem schnörkellosen Funktionalismus die unausweichliche Monotonie eines Arbeitstages architektonisch auf den Punkt bringt. Nach dem Öffnen der Türe des Großraumbüros schallt dem Mann aus mehreren Kehlen

„Moin, Weber", entgegen.

Der Mann muss sich eingestehen, dass er den Namen kennt und die wahrgenommene Person unmittelbar mit dem eigenen Schicksal verknüpft ist. Irgendwie schade, stelle ich fest: Der tragische Held bin ich selbst.

Wie ein Florettfechter weiche ich weiteren Grüßen und Wünschen aus und erreiche die Kaffeeküche, wo es bereits verführerisch duftet. Bewaffnet mit einem großen Becher des dunklen Lebenselixiers erreiche ich innerlich leidend, aber äußerlich unversehrt meinen Arbeitsplatz. Der erste Schritt auf dem langen, beschwerlichen Weg eines Arbeitstages ist bewältigt.

Weinköniginnen, Goldfische und ein Auftrag

Der Bildschirm meines Computers starrt mich wie ein einäugiges Monster an. Ich starre zurück und erinnere mich an meine zuletzt vollbrachte Arbeit: Richtig, ich schrieb gerade an dem Bericht über die neue Weinkönigin. Ich ziehe den Entwurf aus der Schreibtischschublade. Um einen Anfang zu machen, notiere ich am Ende des Manuskripts handschriftlich „Hier weiter schreiben".

Nachdem ich ein paar Minuten an meinem zwar nicht schönen, aber immerhin sicheren Arbeitsplatz verbracht habe, erreicht mich eine Alarmmeldung aus meinem Kleinhirn. Ihrem Ursprung nachgehend, erkenne ich aus den Augenwinkeln meinen Chef, der gerade im Anmarsch ist.

„Ich hab's!", ruft er und seine weit aufgerissenen Augen heischen nach Zuspruch und Anerkennung.

Um mein Angestelltenverhältnis nicht zu gefährden, verberge ich mein aufkommendes Unwohlsein. Ich ziehe meine Augenbrauen hoch und verleihe meiner Stimme Präsenz und Dynamik.

„Was denn, Chef?"

„Morgen bringen wir was übers Anbaggern". Kollegial haut er mir seine wabbelige Hand auf die Schulter. „Und Sie schreiben die Glosse dazu, Weber!"

„An-baggern", wiederhole ich und ziehe das Wort in die Länge, als ob ich unzähligen Erinnerungen nachspüren würde. Meine rechte Hand wandert zu meiner Schläfe und reibt sie sanft.

„Genau, Glossi!", meint mein Chef und tituliert mich mit dem von ihm erfundenen Kosenamen, den ich ungemein schätze. „Wie das so war mit den Mädels! Wie wir sie rumgekriegt haben. So Eis-am-Stiel mäßig, verstehen Sie? Das ist doch herrlich! Ein Knaller aus dem prallen Leben!"

„Schon", antworte ich zögernd und suche nach irgendwelchen Ausreden oder Einsprüchen. Aber mir kommt keine Idee, meine intuitive Mitte schläft anscheinend noch.

„Und bis wann?"

„Bis um zwei müssten Sie das schaffen, oder? Dann bringen wir es morgen."

Ich erhalte eine verspätete Rückmeldung aus meinem Inneren und wende ein:

„Aber ich schreib doch gerade an der Sache mit der Weinkönigin…"

„Das läuft nicht weg, das bringen wir später. Na los, Glossi, zeigen Sie uns mal, wie das war mit den Mädels. Da sind sie doch Spezialist, das seh' ich doch!"

Und schon verschwindet unser Alpha-Tier in seinem erhöht liegenden Büro, von dem aus er wie ein General das gesamte Großraumbüro mit kritischem Blick überschauen kann.

Da habe ich den Salat: Eine Glosse übers Anbaggern! Und das bis zwei! Große Katastrophe!

Ich schaue noch einmal auf das ausgedruckte Manuskript mit dem Foto der Weinkönigin. Beruhigt stelle ich fest, dass sie immer noch lächelt und lasse sie mitsamt den brandheißen Informationen über ihren Lieblings-Nachtisch und den bevorzugten Handy-Klingelton in der Ablage verschwinden.

Nun ist er wieder leer, mein Arbeitsplatz. Auf meinem Computer ist der Bildschirmschoner angesprungen. Goldfische schwimmen hin- und her. Ein Fisch hat gerade den linken Rand des Schirms erreicht, wendet sich um und schwimmt der anderen Grenze seines monotonen, digitalen Daseins zu. Als Inspiration für Anbagger-Geschichten taugen sie nicht, diese Goldfische. Dafür fehlt ihnen die erotische Note. Aber sie haben es gut: Sie dürfen einfach rumschwimmen und müssen sich nie etwas einfallen lassen. Goldfisch müsste man sein.

„Wie ich sie rumkriegte", hacke ich in die Tastatur.

Von der urplötzlich aufwallenden Aktivität erschreckt, verschwinden die Goldfische. Die weiße Seite auf dem Bildschirm leuchtet mir erwartungsvoll entgegen und wartet darauf, dass ich sie mit Buchstaben fülle.

Über die Sinnlichkeit von Großraumbüros

Nach Ideen suchend schaue ich mich im Raum um.

Links vor mir sitzt Elke, die Chefsekretärin. Ihr massiger Körper steckt in einem blau-grünen Blumenkleid. Elke ist in makelloser Schreibstubenhaltung erstarrt: Ihr Rücken ist kerzengerade; die Unterarme bilden einen perfekten 90 Grad-Winkel zum Schreibtisch. Ihre Finger fliegen förmlich über die Computertasten. Nur gelegentlich halten sie kurz inne und tasten vorsichtig nach den Haaren. Ist der perfekte

Sitz der Dauerwelle sichergestellt, sinken sie wieder auf die Tastatur herab und setzen ihr Schreibwerk fort.

Bürotechnisch gesehen ist das alles tadellos. Für meine Glosse kann ich in der Mischung aus steifer Haltung und klapperndem Tastatur-Stakkato allerdings nichts entdecken.

Zu meiner Rechten sitzt Körner. Sein schmales Gesicht klebt wenige Zentimeter vor dem Bildschirm. Eine mit Gel bearbeitete, fettige Haarsträhne hängt wirr über seiner Stirn. Seine dürren Finger bearbeiten die Maustaste. Vermutlich hat er wieder einmal Gerüchte im Internet aufgespürt, aus denen er gerade eine angeblich sauber recherchierte Tatsachenstory formt.

Wie der das mit dem Anbaggern wohl hingekriegt hat? Ich kann mir nicht vorstellen, dass der überhaupt mal irgendeine angefasst hat, ohne dass die sofort entsetzt davon gerannt ist.

Da auch bei Körner keinerlei Inspiration für meine Glosse zu finden ist, versuche ich es im Internet.

„Möglichkeiten und Wege, mit dem anderen Geschlecht in Kontakt zu kommen", heißt ein Artikel zum Thema. Das klingt in etwa so sinnlich wie die Betriebsanleitung für eine Bohrmaschine, mit einem Mausklick lasse ich den Beitrag des Sozialtechnikers im digitalen Äther verschwinden.

„Dates arrangieren und erfolgreich gestalten", lautete ein anderer Blogbeitrag in einem Internetforum. Bei mir erwecken die Formulierungen Assoziationen an einen Bewerbungsvorgang, an dessen Schluss Einstellung und

Vertragsübergabe stehen müsste. Was ja bei romantischen Rendezvous eher selten vorkommen soll.

Also: „Klick die Maus"- und schon ist die Bewerbung beendet.

„Wie du deinen Herz- und Seelenpartner erkennst und dich mit ihm verbindest", versucht sich ein anderer Blogger in einem mehrteiligen Beitrag. Klingt ja recht kuschelig, ich rufe den ersten Teil des Beitrags auf. In dem von blinkenden Milchstraßen umrankten Artikel geht es vor allem um Sternzeichen, Planetenkonstellationen und Aszendenten. Eine Planetenkonstellations-Analyse, während die Auserkorene gerade vor dir sitzt? Da ist sie dir doch vor Langweile gleich wegtranszendiert. Und du stehst wieder allein da mit all deinem tollen Aszendenten-Wissen.

Also klick und weg.

Sie taugen alle nichts, diese vermeintlichen Fachbeiträge, stelle ich frustriert fest. Halb elf ist es schon, so langsam sollte mir etwas einfallen. Notgedrungen beschließe ich, meine eigene Pubertät nach brauchbaren Spuren zu durchforsten.

Wie hieß mein erster Schwarm nochmal? Patricia, kurz Pat, ich erinnere mich. Also dann mal los, einfach locker drauf lostippen. Zu einer Glosse zusammenbasteln kann ich das Ganze später noch.

Ach, Patricia, du Einzigartige

Pat war Klassenkameradin von mir und fiel vor allem durch gute Leistungen in Sport auf. In anderen Fächern war sie hingegen recht unauffällig. Besser gesagt: Die neueste Mode und aktuelle Schminktipps interessierten sie mehr als Logarithmusregeln und hermeneutische Textanalyse.

Ich hingegen fiel durch kritische Bemerkungen in so ziemlich allen Fächern bis auf Sport auf. Nicht dass ich keine Kritik am Sport hätte einbringen können, da wäre mir sicherlich Einiges eingefallen. Aber ich blieb dem Sportunterricht angesichts mangelnder Ausstattung mit sporttauglichen Körpermerkmalen fern. Besser gesagt: Schnelligkeit und Beweglichkeit waren bei mir in Kopf und Zunge anzutreffen, der Rest des Körpers verharrte lieber in amphibienhafter Schwerfälligkeit.

Diese unterschiedliche Schwerpunktsetzung bewirkte, dass Pat und ich kaum Berührungspunkte hatten. Sie auf ihre Meinung zur sozialistischen Interpretation des bürgerlichen Theaters anzusprechen, vermied ich instinktiv. Sie wiederum ging intuitiv jeglicher Verabredung mit mir zum Squash oder Tennis aus dem Weg. Beides war wohl gut so.

Aber eines Tages traf ich sie, und zwar ausgerechnet im Schwimmbad. Tief versunken in eine in meinem Kopf ablaufende Abhandlung über die Repression in der post-humanistischen Schule, lief sie mir plötzlich über den Weg. Entgegen meiner sonstigen Gewohnheit, vor allem den schauenden und denkenden Kopf des Gegenübers wahrzunehmen, fiel mein Blick sofort auf Pats Beine. Sorgfältig im Studio vorgebräunt schimmerten sie verheißungsvoll. Ihre festen Oberschenkel und Waden zeugten von hunderten von Stunden intensivsten Trainings in zahlreichen Sportarten.

Mein Blick ruckte weiter nach oben und fand einen sanft gewölbten Bauch und ein schimmerndes Dekolleté, von dem sich mein Blick kaum losreißen konnte. Und auch ihre wohlgeformten Schultern und Arme verkündeten, dass Pat Cola und Pommes stets von sich gewiesen hatte, um sich stattdessen an Mineralwasser und Salat zu laben.

„Aber hallo!", raunte ich und erschrak, denn eigentlich hatte ich nur „hallo" sagen wollen. Das „aber" hatte sich irgendwie dazu geschmuggelt.

„Na-ah, du!", zirpte Pat und streckte ihre Arme in einem weichen Schwung nach oben, um ihr Haarband zurechtzurücken. Wobei sie ihren Körper leicht nach vorne reckte und ihr Bauch in gefährliche Nähe zu meinem kam.

Meine Beine, etwas füllig und von vornehmem Renaissance-Weiß, begannen leicht zu zittern. Mein Bauch, der sich selbstbewusst über den Badehosenbund streckte und von einem häufigen und entschiedenen „ja" zu Cola und Pommes berichtete, zog sich zusammen. Meine Hände suchten mit einer leichten Ruderbewegung nach einem Haarband, an dem sie sich hätten festhalten können. Nachdem sie nichts gefunden hatten, fanden sie schließlich auf den Hüftpolstern Halt, die sich als mein persönlicher Äquator um meine Körpermitte erstreckten.

Pat hatte unterdessen ihren Pferdeschwanz gerichtet. Wie ein Pfeil deutete die blonde Haarspitze nun auf die Mitte ihres Dekolletés. Sie legte ihren Kopf schief und strahlte mich mit ihrem typischen Siegerlächeln an.

Mein Kleinhirn beschloss, jegliche Flüssigkeit aus meinem Mund zu entfernen. Mein Kehlkopf schluckte, ohne vorher nachzufragen und erzeugte dabei ein vernehmliches Geräusch. Gleichzeitig wollte das leichte Zittern in meinen Beinen nicht aufhören. Meine Blutzirkulation entfernte sich aus meinem Kopf, wo sie vielleicht noch für einen rettenden Einfall hätte sorgen können und strebte pulsierend meiner Körpermitte zu. In meiner obersten Steuerzentrale, die sonst wahre Wolkentürme von abstrusen Gedanken produzieren konnte, herrschte völlige Stille.

Pat grinste weiter.

Mir fiel weiter nichts ein.

Nach langen Sekunden hörte ich mich heiser „Tschüss" sagen. Das in mir angesammelte Testosteron verwandelte sich in Adrenalin und sandte Bewegungsimpulse in meine Beine. Diese gehorchten und schleppten mich aus dem Gefahrenbereich.

An einem sicheren Ort angelangt, begann sich das Vakuum in mir langsam wieder zu füllen. Etwas Süßes hielt Einzug und breitete sich schnell aus. So als ob ich ein Stück Erdbeertorte mit dem ganzen Körper aufgegessen hätte. Golden schimmernde Nebelschwaden tauchten die ganze Welt in ein überirdisch schönes Licht.

Aber mein in kritischer Analyse gestählter Verstand nahm dennoch wahr, dass bei diesem Treffen irgendetwas suboptimal verlaufen war. Anbaggermäßig war das nicht so toll gewesen. Ja sogar voll daneben.

Aber wie könnte es denn richtig gehen? Diese Frage beschäftigte mich in den nächsten Tagen immens. Ich beschloss, meine Analysen der Repression in der Post-Moderne hinten anzustellen und stattdessen in Sachen anbaggern voranzukommen.

„Hallo Bernd, hab was für dich", reißt mich eine Stimme aus meinen Erinnerungen. Ich schaue auf – Elke wedelt mir mit einem gerade eingegangenen Fax zu. Ich gehe zu ihr rüber und werfe einen Blick darauf. Das Fax ist eine Antwort der Heimatgemeinde der Weinkönigin, das Informationen über die von ihr besuchte Grundschule enthält.

„Danke, Elke, ist aber gerade nicht mehr so wichtig. Ich schreibe jetzt über das Anbaggern, ist Anweisung von ganz oben." Zur Unterstreichung meiner Worte nicke ich kurz mit dem Kopf in Richtung des Chefbüros.

„Du? Über das Anbaggern?", fragt Elke und mustert mich erstaunt von oben bis unten. „Na dann mal viel Spaß!", meint sie. Und schon tippt sie wieder.

Ich kehre zu meinem Arbeitsplatz zurück und frage mich, ob ich unterdessen vielleicht doch noch irgendetwas Inspirierendes in meinem Umfeld entdecken könnte. Aber viel ist da nicht zu entdecken. Um mich herum starren meine Kollegen grimmig auf ihre Bildschirme. Der Raum ist erfüllt vom Klappern der Computertasten und von den Stimmen der Telefonisten, die Fakten für anstehende Storys recherchieren. Es ist heiß und es stinkt nach billigem Deo und verschwitzten Nylonhemden.

Da tauch ich mal lieber wieder in meine eigene Welt ab. Wo war ich? Genau, in den 70ern, als ich gerade haarscharf an einer Affäre mit Pat vorbei gesurft war und nach Gründen für mein Scheitern suchte.

Ach, Unbekannte, du Einzigartige

„Du musst den Mädels sagen, dass Du sie willst", meinte mein Freund Fred und ließ sein verwegenes Freibeuterlächeln aufblitzen, das Errol Flynn Ehre gemacht hätte.

Das klang irgendwie logisch. Als ich wenig später in der Warteschlange vor dem Kino ein hübsches Mädchen sah, tupfte ich ihr mutig auf die Schulter. Sie drehte sich um und sah mich aus entzückenden, blauen Augen an.

„Du, ich mag dich", sagte ich.

„Häh?", erwiderte die Schöne. „Wir kennen uns doch gar nicht!",

„Stimmt!", gestand ich spontan ein. Während ich noch über diese kleine, aber doch entscheidende Voraussetzung für das wirkliche Mögen nachdachte, hatte sich die junge Schönheit bereits wieder umgedreht und tuschelte mit ihrer Freundin.

Ach, Susanne, du Einzigartige

„Blumen, Gedichte und Wein, verstehst Du? Das ganze romantische Programm", riet mir mein Freund Sigi.

Auch das klang einleuchtend. Mir fiel da Susanne ein, die mir Mathematik-Nachhilfe gab, wobei meine Gedanken bei der Kurvenberechnung immer abschweiften und sich eher um real existierende Rundungen drehten. Aufgeregt erwartete ich unsere nächste Nachhilfestunde. Als sie zur Tür hereinkam, drückte ich ihr eine Rose in die Hand und hob an:

„Liebe Susanne, ich möchte es wagen,

heut' um deine Gunst zu fragen.

Dein Herz, oh Holde, öffne mir,

erlaube mir, dass ich dich heut verführ."

Eigentlich sollte es noch weiter gehen, mein Gedicht. Zudem war eine Flasche Sekt kalt gestellt. Aber zu weiteren Strophen kam ich nicht. Susanne hatte nach einer Sekunde entsetzten Starrens auf dem Absatz kehrt gemacht und war die Treppe auf nimmer wieder sehen hinuntergeeilt.

Dann halt nicht!

Ich hörte mich weiter bei Freunden nach geeigneten Strategien zum Anbandeln um.

Einfach mal rangehen, meinte Heinz. Was mir wütende Beschimpfungen und rote Backen einbrachte.

In tolle Restaurants einladen, riet Jean-Pierre. Auch das tat ich. Sie war süß, das Menü hervorragend, der Wein erlesen und die Rechnung exorbitant. Und nach dem Essen war sie weg.

Nach all den gescheiterten Versuchen und den empfindlichen Breschen, die sie in mein Budget rissen, gab ich auf. Meine Stärke war wohl eher die detaillierte Analyse der Schwachstellen des Spätkapitalismus, gestand ich mir ein. Anbaggern war hingegen einfach nicht mein Ding.

Also traf ich mich mit Annabell am nächsten Tag, um ein Flugblatt gegen den Besuch des reaktionären Präsidenten von Kwabongo zu verfassen. Als ich gerade dabei war, den zweiten Absatz des Flugblattes noch etwas provokativer zu formulieren, spürte ich plötzlich ihre Hand auf meinem Arm.

…oder doch?

„Du, ich mag Dich!", hörte ich sie wispern und stellte erstaunt fest, wie sie näher rückte.

In meinem Inneren gerieten ganze Datenbanken durcheinander. Eine Datei aus dem Ordner „Genossinnen" erhob sich und flatterte in wunderschönem Bogen hinüber in den Ordner „Potentielle Freundinnen." Zum ersten Mal sah ich mir Annabell genauer an. Mit ihrem dunkel glänzenden Kurzhaarschnitt, den leicht hervortretenden Wangenknochen und den wachen Augen hatte sie ein bisschen Ähnlichkeit mit Jane Fonda. Komisch, das mir das noch nie aufgefallen war.

„Schön", antwortete ich knapp.

„Du bist so ehrlich und so schlau", raunte sie und drückte mir einen Kuss auf die Wange. Eine angenehm warme Welle stieg in mir empor. Ich nickte zustimmend und sagte ausnahmsweise einmal nichts. Dafür genoss ich das Prickeln auf meiner Haut.

Nach einigen Sekunden reinen, wohligen Seins fiel mir mit einem Schlag wieder ein, was ich in letzter Zeit alles für Tipps fürs Kennenlernen bekommen hatte.

„Ich finde dich auch toll", erwiderte ich und rückte näher an sie heran. Etwas ungelenk legte ich meine Hand auf ihren Arm und fragte:

„Soll ich dir Rosen kaufen oder gehen wir lieber ins *Relais Louis XIV* essen?"

Sie lächelte und schüttelte den Kopf:

„Nicht so schnell, wir haben doch alle Zeit der Welt." Und dann versanken wir beide in einem nicht enden wollenden Kuss.

So kam es, dass der reaktionäre Präsident von Kwabongo sein Besuchsprogramm ohne Boykottaufruf durchziehen konnte. Was ich, ehrlich gesagt, zu diesem Zeitpunkt nicht mehr so schlimm fand. Stattdessen begann meine erste Beziehung, eine wunderschöne Zeit mit Annabell.

Von Eis am Stiel zum Badesee

Ich tippe ein paar weitere Anmerkungen über meine ersten romantischen Gehversuche in den Computer und atme tief durch. Meine Notizen müssten bereits für eine kleine Glosse reichen. Vermutlich wieder auf Seite 18, zwischen der Rubrik „Küche, kochen, Köstlichkeiten" und „Waldi und Mo", unserem Ratgeber für Hund und Katze.

Ich drucke meinen Entwurf aus und klemme mir einen Stift hinters Ohr, um mir das Aussehen eines rasenden Reporters zu verleihen. Mit federnden Schritten erreiche ich das Chefbüro und meine dynamisch:

„Hallo Chef. Hab' schon jede Menge Material für unsere Anbagger-Glosse. Alles aus dem prallen Leben: Die erste Abfuhr, die kleinen Tricks und wie es dann klappte. In zwei Stündchen könnte ich daraus einen knackigen Text kneten."

Ich werfe meinen Entwurf schwungvoll auf seinen Schreibtisch und staune selbst über meinen Elan. Richtig gut war das, attestiere ich mir in einer kleinen Selbst-Rezension. Forsch, laut und selbstgerecht - durchweg modern.

„Ach ja, Glossi, diese Anbagger-Sache."

Er schaut mich aus leicht geröteten Augen an, die von seiner letzten Sauftour berichten. Mit einem Seufzer steht er auf und geht zum Fenster.

"Wissen Sie, Weber, Sie müssen mehr nachfühlen, was die Leute wirklich gerade interessiert."

Ich schlucke und lasse meinem Geist ein riesiges Fragezeichen entweichen, das wie ein Luftballon durch den Raum schwebt.

„Kommen Sie doch mal her", meint er und bittet mich zum Fenster. Wie es sich für einen Untergebenen gehört, trotte ich zu den großen Scheiben.

„Na, was sehen Sie da, Glossi?"

Ich schaue auf die vierspurige Straße vor unserem Büro.

„Tja, Autos sehe ich, jede Menge Autos. Und Leute, die irgendwo hineilen."

„Und wie sehen diese Leute aus?"

„Gehetzt und verschwitzt, würde ich sagen. Ist ja auch kein Wunder, bei diesen Temperaturen."

„Na also, Weber, geht doch! Diesen Leuten ist heiß und zwar schrecklich heiß". Wie ein Prophet breitet er beide Arme aus. Zwei Unterteller große Schweißflecke werden sichtbar.

„Glauben Sie wirklich, dass sich auch nur einer dieser schwitzenden Menschen für erste Flirts oder prickelnde Erotik interessiert?", fährt er fort. „Ist doch viel zu heiß dafür!".

Wie hypnotisiert starre ich auf seine Achselschweißflecken, die sich immer weiter auszubreiten scheinen.

„Aber, ...", stammele ich.

In meinem Bauch breitet sich eine glühende Feuerkugel aus. Vor meinem geistigen Auge sehe ich in einem kontrastreichen und farbenfrohen Bild, wie mein Chef mit erstaunt aufgerissenen Augen aus dem Fenster segelt.

„Ihr Kollege Körner hat mir hier was auf den Tisch gelegt. Über die neuen Eissorten: Artischocken-Eis, Gurkeneis, Lachseis und all dieser Unsinn. Echt witzig, das geht heute in Druck. Das können Sie sich mal anschauen, da können Sie noch was lernen."

„Aber…", stammele ich erneut. Mit Autosuggestionstechniken gelingt es mir, mein inneres Feuer zu begrenzen. „Sie haben doch selbst gesagt…"

„Mensch Weber, nehmen Sie doch nicht immer alles so persönlich. Schreiben Sie mir doch eine Glosse, die zur Hitze passt. Badesee oder Schwimmbad oder so was."

Er klopft mir jovial auf die Schulter.

„Zeigen Sie mal, was in Ihnen steckt!" Den Mund ganz nah an meinem Ohr flüstert er mir zu:

„Und immer dranbleiben am Leser, verstehen Sie, ganz dicht dran…"

Wie ein begossener Pudel trotte ich zurück zu meinem Arbeitsplatz und falle auf meinen Schreibtischsessel.

„Na, erfolgreiches Gespräch gehabt?", fragt Körner und bleckt seine vom Nikotin vergilbten Zähne.

„Alle Gespräche ohne dich sind gute Gespräche", knurre ich. Körners hämisches Grinsen fällt in sich zusammen. In dem nicht enden wollenden Kampf mit ihm verbucht mein innerer Ringrichter einen Wirkungstreffer.

„Vertragt euch, Kinder", mahnt Elke. Sie schaut mich mütterlich an und meint:

„Dann schreibst du halt die Glosse für die Ausgabe von übermorgen."

Ich seufze. Natürlich weiß sie schon wieder alles. Hat wohl gelauscht. Oder Körner hat gepetzt. Ist auch egal.

„Ich hab eine Idee!", ruft Elke. „Ich geh jetzt runter zum Luigi und hol uns allen ein tolles Eis."

Na klasse, denke ich mir. Diese Idee hat sie in etwa hundert Mal in einem Sommer.

„Geh am besten mit zu Luigi. Auf der Straße kriegt man die besten Ideen", rät Körner mir.

„Ich bleibe lieber in deiner Nähe", kontere ich. „Damit ich mitkriege, wie der gemeine Mensch denkt und fühlt." Körner wird hübsch rot. Mein innerer Punktrichter schreibt mir weitere Punkte gut.

„Kinder, Kinder…", seufzt Elke und rauscht kopfschüttelnd bunten Eisbergen entgegen.

Ich nehme meine Anbagger-Glosse und verstaue sie in der untersten Schublade. Körners Artikel über abstruse Eissorten schmeiße ich für alle gut sichtbar in den Mülleimer.

„Was über Hitze schreiben", murmele ich und trommle mit dem Bleistift ein Stakkato auf den Schreibtisch. Baggersee oder so was. Ich schaue mich um und sehe unzählige, schwitzende Redakteure. Die Temperatur liegt bei 30 Grad.

Ich tauche meinen Finger in den Rest kalten Kaffees in der Tasse. Das ist nass. So ist auch ein See: Nass.

„Baggersee…", brummel ich vor mich hin und trommle weiter auf der Schreibtischplatte.

Vielleicht schaue ich mich mal im Internet nach ein paar inspirierenden Impressionen um.

... dem Fußball

In letzter Zeit ist Fußball in die Kritik geraten.

Manche regt die außerordentliche Reisetätigkeit bei der Vergabe von Weltmeisterschaften auf. Wenige Monate vor den Abstimmungen sind auffällig viele Repräsentanten der kandidierenden Länder mit kleinen, schwarzen Koffern unterwegs gewesen. Vor allem in der Südsee und in Afrika. Die Missionen fanden auf hoher diplomatischer Ebene statt: Sogar ein Kaiser soll an ihnen teilgenommen haben. In Sachen Logistik gab es allerdings einige Mängel: Die kleinen schwarzen Koffer hat man stets irgendwo liegenlassen. Rein zufällig, natürlich, war ja eine *Bluatshitzen*, bei der man schon einmal das eine oder andere vergisst. Großes kaiserliches Ehrenwort!

Andere Kritiker erwähnen die eine oder andere Milliarde, die für supermoderne Stadien investiert worden ist. Eine 50.000 Besucher fassende Arena mitten in der Wüste sehen diese Skeptiker als nicht wirklich nachhaltig an. Das Versprechen, die Stadien in Zukunft auch für Heimatabende, Diavorführungen und Mikado-Wettkämpfe nutzen zu wollen, wollen sie den Politikern nicht so recht abnehmen.

Eine dritte Gruppe von Pessimisten ereifert sich über angeblich unmenschliche Arbeitsbedingungen in Katar, dem übernächsten Austragungsort der Fußballweltmeisterschaft. Die Container für jeweils 10 illegale Arbeiter könnten einen Quadratmeter größer sein, meinen diese Nörgler. Auch Papiere und ein paar Grundrechte für die Arbeiter fänden sie gut. Und so ab 50 Grad Außentemperatur sollte es hitzefrei geben. Oder zumindest ein Eis umsonst.

Ist ja okay, diese Kritik. Das eine oder andere ist vielleicht wirklich nicht optimal gelaufen. Aber wir haben zwei Möglichkeiten: Wir können über die bestehenden Missstände klagen und lamentieren. Oder wir können uns aufs Positive fokussieren und dem dunklen Schatten, den nun einmal alle Dinge werfen, das gleißende Licht gegenüberstellen, dass diese Schatten erst hervorbringt.

Und das möchte ich hiermit tun und die elf wichtigsten Vorteile des Fußballs darstellen.

Vorteil 1: Fußball vereinfacht

In vielen Bereichen ist die Welt ja kaum noch zu kapieren. Wenn ich ausnahmsweise mal eine Politiksendung sehe, komme ich aus dem Kopfschütteln gar nicht mehr raus.

Da berichtet der Moderator zum Beispiel, dass die Angela gerade diesen amerikanischen Präsidenten mit dem Wischmopp auf dem Kopf trifft. Also der, der gerade seine Zweitkarriere im Mauerbau startet, der halben Welt Einreiseverbot erteilt und uns auffordert, seine Waffensammlung zu finanzieren. Völlig durchgeknallt ist der, da sind sich alle einig. Aber es sei unheimlich wichtig mit ihm zu reden, meint der Moderator und mein Kopf schwingt fassungslos von links nach rechts und wieder zurück.

Dann trifft sie diesen türkischen Schnauzbart, der vom Verhalten eher in die Wrestling-Szene als in die Politik passt.

Und unsere Angela ist zuckersüß und tut so, als ob der normal sei. Das sei Diplomatie vom Feinsten, meint der Kommentator, und mir wird ganz schwindlig vom vielen Kopfschütteln.

Zuguterletzt besucht sie noch diesen Russen, der sich gern halb nackt auf dem Pferd abbilden lässt. Der hat gerade mal wieder ein paar Oppositionspolitiker gekillt und für ein paar Tage die halbe Elektronik von Deutschland lahmgelegt. Aber unsere Angela lächelt, schüttelt diesem Retro-Kosaken aufs Herzlichste die Hand und trägt am Schluss noch einen netten Vers ins Poesiealbum ein.

Und auch das sei gut so, meint der Kommentator. Um nicht ein Schleudertrauma zu kriegen, schalte ich sofort um und schaue – Fußball.

Und schon ist alles wieder einfach.

Munter springen durchtrainierte Sportler über saftiges Grün. Die in Blau mit Drang von links nach rechts, die in Rot von rechts nach links.

Der Sinn des Ganzen ist klar definiert: Das Runde, also der Ball, soll ins Eckige. Sowohl das Runde als auch das Eckige sind leicht zu erkennen: Ersteres fliegt mal flach, mal hoch durch die Gegend; zweiteres steht mittig am Ende des Spielfelds, nennt sich Tor und wartet darauf, dass der Ball vorbeikommt. Wird bei diesem Besuch die Torlinie überschritten, kriegt die hierfür verantwortliche Mannschaft einen Punkt. Wer am Schluss mehr Besuche erfolgreich abgeschlossen hat, hat gewonnen.

Das ist herrlich einfach, oder?

Damit niemand mogelt, hat der Weltverband genaue Regeln aufgestellt. Der Ball muss 69 Zentimeter Umfang haben und 437 Gramm wiegen. Das Tor hat 7,32 Meter breit und 2,44 Meter hoch zu sein. Treten, beißen und spucken gilt nicht und zu Beginn und am Schluss haben sich alle artig die Hand zu geben.

In der Politik würde solch ein Reglement ausgiebig diskutiert werden.

Der Obermufti der Türken würde sich beschweren, weil seine Landsleute kleiner als die langen Lulatsche aus Holland sind. Die halten nämlich mit durchschnittlich 1,83 Meter Körpergröße den Weltrekord, während es der Durchschnittstürke nur auf 1,73 Meter bringt. Deshalb müsse das Tor für seine Landsleute auch kleiner sein; würde Schnauzi fordern, sonst werde er über ein Kebab-Exportverbot nachdenken.

Der amerikanische Trumpel mit dem Wischmopp auf dem Kopf würde beklagen, dass seine Landsleute im Durchschnitt 80,7 Kilo wiegen, der weltweite Durchschnitt aber bei nur 62 Kilogramm liegt. Der an Donuts- und Hamburgersucht leidende Ami könne daher weniger rennen, weshalb die Spielzeit auf höchstens 60 Minuten zu beschränken sei. Werde das nicht befolgt, werde er ausländisches Gesindel wie Asiaten und Europäer von Fußballspielen aussperren und um alle amerikanischen Stadien eine Mauer bauen.

Unser russischer Retro-Kosake hätte mit dem zu bespielenden Untergrund seine Probleme. Seine Briederchen seien an andere Böden gewohnt, würde er einwenden: Taigische Pampe oder Tundrische Steppe; der Sibirier fühle sich sogar nur auf Permafrost richtig wohl. Er fordere daher ein teils pampiges, teils verdorrtes, teils eisiges Geläuf. Wenn nicht, könnte es sein, dass Dinge passieren, von denen er sich bereits vor ihrem Stattfinden eindeutig distanziere.

So wäre das in der Politik.

Aber beim Fußball gibt's sowas nicht! Kein bisschen! Da gibt's keine Angela, die Verständnis für neue Ideen heuchelt und keine EU, die gleich eine Ballsport-Reformvorlage initiieren will. Da gibt's nur die FIFA, die in Sachen Reformresistenz knapp hinter dem Vatikan auf Platz 2 steht. Beim Vatikan kann eine Heiligsprechung schon mal ein paar Jahrhunderte dauern. Beim Fußball ist die letzte große Änderung namens Rückpassregelung 1992 erfolgt. Jeder Änderungswunsch muss mit Schwergewichten dieses Ballsports wie den Amerikanischen Jungferninseln, St. Vincent und Vanuatu sowie 208 anderen Mitgliedern abgestimmt werden. Da können bis zu ersten, halbwegs stimmigen Reformvorlagen schon mal zwei, drei Dekaden ins Land gehen.

Weil das alle wissen, bleibt Fußball, wie er ist: Einfach und überschaubar. Und das ist gut so.

Vorteil 2: Fußball kultiviert das Tier im Mann

Für Männer ist Fußball in Sachen Mediation spitze: Mit größter Leichtigkeit vermittelt er zwischen dem Animalischen und dem übergestülpten Mäntelchen der Zivilisation. Er hilft dem Mann im Mann, dieses zivilisatorische Mäntelchen gelegentlich abzulegen und wieder weitgehend aus Testosteron und Adrenalin zu bestehen. Ohne Fußball, so möchte ich behaupten, könnte ein Mann nicht mehr Kontakt zu seinen Ahnen halten und würde wie ein ätherisches Wesen elfengleich über dem Boden schweben.

Der Fußball aber erdet. Und zwar gewaltig. Lass es mich erklären:

Die ganze Woche über bist du, lieber Durchschnittsmann mit deinen 1,47 Kindern, deiner Ehefrau und ca. 35 qm Wohnfläche pro Person, brav gewesen.

Hast am Montag für die ganze Familie tonnenweise Gemüse und Salat eingekauft, weil das einfach besser ist. Besser und gesünder. Gesünder und ökologischer. Und so weiter.

Hast am Dienstag auf dem Weg zur Arbeit den Müll mit runter genommen und alles schön eingeordnet. Du hast das Papier in die grüne Tonne geschmissen, den Bio-Müll in die braune und den Restmüll in die schwarze. Dann hast du noch kurz bei den Glascontainern angehalten und die grünen Flaschen in den Grünglascontainer, die weißen in den Weißglascontainer und die braunen in den Braunglascontainer geworfen. Eine weiße Flasche hattest du vergessen und aus Faulheit auch im Braunglascontainer entsorgt. Aber das hat niemand gesehen.

Am Mittwoch hast du bei der Arbeit den beiden Oberflaschen in deinem Team vorgeschwindelt, dass sie sicherlich nur Startschwierigkeiten hätten; aller Anfang sei schwer, das bisschen Mehrarbeit könntest du ja mit nach Hause nehmen, das sei ja kein Ding.

Am Donnerstag musste das Team beim Chef präsentieren. Schützend hast du dich vor deine Oberflaschen gestellt, alle Schuld auf deine Schultern geladen und den in erheblicher Lautstärke auf dich einprasselnden Wortschwall pro-aktiv als konstruktive Kritik und wertvolle Anregung interpretiert.

Am Freitag hattest du dir für den Grillabend richtig geile Bio-No.1 Steaks geholt, fette 300 Gramm-Teile, gut abgehangen und schön weiß marmoriert. Als das verdammte Holz endlich brannte, musstest du durch die Rauchschwaden hindurch feststellen, dass Bernd aus der Nachbarschaft ganz spontan vorbeischaute. Was natürlich alle freute, kein Problem. Wenn Bernd kommt, kommt natürlich auch Sue, seine Frau. Was nicht so schlimm ist, weil die Vegetarierin ist. Aber im Schlepptau kommen dann auch Thomas und Mike, die beiden pubertierenden Söhne, die kein bisschen vegetarisch veranlagt sind. Die hauen rein, dass es nicht mehr feierlich ist. 10 Würstchen? Kein Problem! Je zwei Bio-No. 1 Steaks? Gerne als Vorspeise! Das sind wohl die Wachstumsschübe, ist ja verständlich. Der Gurkensalat und der halbe Maiskolben haben dir auch richtig gut geschmeckt, es muss ja nicht immer Fleisch sein.

Am Sonntag kommen Tante Gerdi und Onkel Heinz. Zum Kaffeetrinken. Und Kuchenessen. Du schlägst dann immer die Sahne. Und du wirst wieder sehr lieb sein.

Aber das ist erst am Sonntag. Heute ist Samstag. Heute geht's in Stadion. Und da ist Schluss mit dem lieben Karli. Da ist Raum für Karl den Schrecklichen, für Killer-Karl.

So um 14 Uhr vollzieht sich die Metamorphose. Bis zur nächsten Straßenecke siehst du noch wie ein netter Badener SC Fan aus. Aber dann verschwindest du hinter den Büschen und holst deine Fankluft aus dem Rucksack: Die Lederjacke aus den guten, alten Bikerzeiten. Abgewetzt, der Rindsledergeruch ist wie ein Schuss Testosteron. Schnuppernd saugst du ihn auf, erspürst witternd die Spuren von Kippen und Bier. Und Pfefferspray. Von der netten kleinen Unterhaltung mit den Ordnungshütern; vor zwei Wochen gegen Gladbach war das.

Über deine Harley-Lederkluft ziehst du deine Jeansjacke. An den Schultern hast du die Arme abgeschnitten, wilde Fransen zieren die Stellen, wo deine Schere wütete. Jetzt noch SC Kopftuch hinterm Kopf verknoten. Einen Fanschal um den Hals, einen um den linken, einen um den rechten Arm. Falls irgendeiner noch Fragen hinsichtlich deiner Weltanschauung hat, erfährt er durch aufgebügelte Sticker, dass hier der SC regiert und du weder Bayern Schweine noch Scheiß-Borussen magst. Und dass du das Ultra-ernst meinst; also wirklich Ultra-Ultra-Ernst.

Du ziehst los. Mit jedem Schritt lässt du Jahrhunderte von Zivilisationsgeschichte hinter dir. Der Gang ist schwer, bei jedem Schritt klacken deine beschlagenen Boots auf dem Asphalt. Es klingt wie das Entsichern einer Waffe. Du hältst du dich immer in der Mitte des Weges. Mit deinen weit schlenkernden Armen beanspruchst du einen halben Meter rechts und links von dir. Ein Muttchen auf dem Weg zum Samstagseinkauf wechselt schnell die Straßenseite. Gut so, Muttchen! Es gibt noch Menschen mit funktionierenden Instinkten!

„Nen Fax, aber eiskalt!", schnauzt du einen Straßenverkäufer an und lässt ihn die kälteste Dose von ganz unten in der Kühlbox heraus kramen. Den ersten halben Liter stürzt du gleich an Ort und Stelle in dich rein. Der Rest folgt auf den nächsten Metern. Dann schleuderst du das Ding in einen Vorgarten, mit hellem Klacken prallt die Dose gegen den Kopf eines Gartenzwergs.

„Können Sie sich nicht benehmen?", zetert eine Anwohnerin aus einem Fenster im ersten Stock.

„Kann ich!", blökst du zurück. „Will ich aber nicht!", und ziehst deine mit Pressluft betriebene Fan-Tröte aus der Jacke. Einmal kurz gedrückt und die Fanfare bringt die Fenster zum Vibrieren. Über 100 Dezibel sorgen dafür, dass die Alte da oben ruck-zuck verschwindet. Ein inbrünstig geröhrtes „Olé, Olé!" schickst du noch hinterher, dann geht's weiter Richtung Stadion.

Kampfgenossen tauchen auf. Gleiche Farben. Gleiche Embleme. Gleiche Gesinnung. Wie früher, auf dem Weg zur Schlacht.

Jetzt hört man schon die Stadion-Lautsprecher. Die Schlachtaufstellungen werden verlesen. Jeder heimische Kempe wird mit Gebrüll und Gegröhle gefeiert. Jedes Werder-Schwein wird mit Pfiffen und „Na und?" Gebrüll bedacht. Es wird heißer, du machst die Jacke weiter auf.

Vorne sind die Werderschweine.

„Wir wollen keine – Werderschweine", brüllen ein paar. In einem leichten Dunst kriegst du mit, dass du einer von den Schreihälsen bist. Und du siehst, wie du deinen Mittelfinger den stinkigen Fischköpfen entgegenstreckst, wie deine Hand in deinen Schritt wandert und du obszöne Gesten in Richtung der grün-weißen Bubi-Truppe machst. Martinshorne jagen ihre Panikwellen in die Luft, mehrere gleichzeitig, sie nähern sich. Geil, einfach nur geil. Ohne Martinshorn wär die Sache nur halb so prickelnd.

Dann geht's rein. Erst einmal zum Bierstand. Einen Becher direkt am Stand. Dann ein Steak mit Pommes als Grundlage. Deine Fangzähne zerfetzen das Fleisch, Senf tropft auf die Jeans, Scheißegal! Das Ketchup in deinen Mundwinkeln sieht wie Blut aus und das ist gut so!

Noch ein Bier und hoch auf die Stehtribüne. Mitten rein in Konfettiregen. Mitten rein in ein Fahnenmeer. 100 aufgerissene Mäuler, alle skandieren „SC, SC!". Die Kempen sind schon auf dem Platz. Zerhackte Wörter prasseln aus den Lautsprechern, Musikgedröhne wird von den Betonwänden zurückgeworfen. 1000 Fans hüpfen und du hüpfst mit, rauf und runter, rauf und runter, alles vibriert.

Die unten sind bereit. Wie ein Feldmarschall hebst du den Arm, brüllst den Befehl zum Angriff und dann fetzen die los. Bei jedem Kopfball zuckst du mit, bei jedem Schuss vibrieren deine Muskeln.

„Faaaaauuullll", brüllen tausend Kehlen und du brüllst mit.

„Schiedsrichter zum Telefon", spotten ein paar ganz Gewitzte.

„Da steht ein Arschloch im Tor, das ist so hässlich!", hörst du jemand singen und du stimmst mit ein.

Du schreist wie ein verwunderter Krieger auf, wenn ein Schuss sein Ziel verfehlt. Brüllst wie von Sinnen, als der Ball im Netz zappelt, fällst einem Wildfremden um den Hals, klatscht dich mit allen die wollen und nicht wollen ab. Holst noch ein Bier, natürlich, trittst beim Wiederaufstieg auf vier, fünf Füße, torkelst gegen deinen Nachbarn und verschüttest die Hälfte des neuen Biers. Lallend verkündest du den Sieg über die stinkigen Fischköpfe. Es wird wieder gehüpft und du hüpfst mit, landest irgendwie eine Reihe weiter unten, irgendwer hat was abgekriegt. Alles gut, wir sind doch alle Kumpel, oder? Irgendwo da unten auf dem Grün ist wieder einer durch, du siehst was rennen im Nebel, was schwarz-rotes, im Zick-Zack und Schuss und

TOOOORRRRR. Einen reißt du bei der Umarmung um, der zweite entzieht sich mit einer raschen Finte und du fällst hin, ziehst dich wieder an einem Schal hoch, schüttelst den Besitzer begeistert am Kragen.

„Schwei Null, Alter, Schwei Null", hörst du dich brüllen, batscht dich auf dem Weg zur Schenke noch durch einige hochgestreckte Hände, brüllst entfesselt, trinkst noch ein Bier und haust dir noch 'ne Bratwurst rein. Nach oben schaffst du es nicht mehr, sind zu steil, die Treppen. Ist aber eh gelaufen.

„Die ham wir im Sack", lallst du irgendwem entgegen, der schon zu besoffen ist und nur noch dumm grinsen kann. Dann schmeißt du dich in den Strom, der nach draußen strömt und „Sieg!" brüllt, torkelst einfach mit, prallst gegen andere Besoffene und wirst von ihnen wieder zurück in die Mitte des Stroms gestoßen.

Vor dem Stadion stolperst du über einen Gefallenen. Die ihn niedergestreckte Faxe-Literdose liegt neben ihm, eine Lache von gelbem Blut hat sich über dem Asphalt ergossen. Und was anderes Gelbes. Du schaust schnell weg. Das Steak und die Wurst in deinem Inneren melden, dass sie nach draußen wollen.

Zähne zusammenbeißen und durch. Noch eine Stange Wasser musst du irgendwohin stellen. Die Geranien da vor dir sind gerade richtig, Geranien hasst du, das war schon immer so. Irgendwo bei diesen wabernden Rechtecken da oben zetert wieder wer, zwei Köpfe direkt nebeneinander, dann wieder nur einer, so sehr du auch die Augen zusammenkneifst, du kriegst das Bild nicht scharf. Du willst nach der Tröte greifen und diese ein bis zwei da oben mit 1000 Dizibl wegblasen. Aber da ist nix mehr in der Tasche, hast das Scheiß-Trötding wohl beim Sturz verloren. Egal.

Bett wär gut. Bett steht daheim. Also heim.

Ist schwierig mit dem laufen. Muss aber. Einfach links gegen Auto, abstoßen und nach vorne torkeln, dann Gebüsch als Leitplanke nehmen und irgendwie in der Mitte bleiben. Daheim wie immer über Garage rein und direkt nach oben. Kennt Gabi schon, will dich dann auch nicht in ihrer Nähe haben, sacht se. Du pennst im Kinderzimmer, Joschi ist ja schon ausgezogen. Du fällst einfach auf das Jugendbett, so wie du bist. Über dir der Sternenhimmel, haste selbst mal an die Decke gepinselt.

„Schwei null!", lallst du. „Geil!". Dann schläfst du ein, einfach so, in voller Montur. Du träumst von Bisonherden. Auf dem Leitbullen reitest du, führst deine Truppen in die Schlacht.

Deine Kampfesbrüder feiern dich mit ohrenbetäubendem Gebrüll.

Für Tante Gerdi und Onkel Heinz trägst du am nächsten Tag eine Sonnenbrille. Wegen deiner Bindehautentzündung, erklärst du.

„Phantompollen-Allergie", ergänzt Gabi und lächelt zuckersüß.

Du schlägst lustlos in der Sahne vor dir rum. Machst du jetzt schon seit einer halben Stunde, aber das Zeug will einfach nicht fest werden.

Die nächsten Tage wirst du wieder lieb sein, beschließt du. Weil immer geht das echt nicht! Das macht Gabi nicht mit und die Leber auch nicht. Aber manchmal, manchmal muss es einfach sein...

Vorteil 3: Fußball klärt die Schuldfrage

In der Politik tut man sich mit Schuldfragen enorm schwer.

Hat im Nahen Osten der Araber angefangen oder der Israeli? Ist es schlimmer zu bewerten, dass die einen ein paar Raketen vom Gazastreifen nach Israel schicken oder dass die anderen postwendend ihre Luftwaffe schicken, um ein paar Stadtviertel zu pulverisieren?

Ist in Syrien Assad an Krieg und Zerstörung Schuld? Oder wollen sich die Islamisten das Land unter den Nagel reißen und dieser Assad setzt mit ein paar Fassbomben lediglich Akzente für Freiheit und Selbstbestimmung?

Ist der Afghane selbst schuld am desolaten Zustand seiner Heimat, weil die Paschtunen, Tadschiken, Hazara und Usbeken ihre Meinungsverschiedenheiten gerne mit der Kalaschnikow artikulieren? Oder haben Russland und die USA bei ihren Besuchen bestimmte Regeln der Höflichkeit außer Acht gelassen und damit das ganze Desaster ausgelöst?

Falls du diese Fragen beantworten willst, solltest du dieses Jahr deinen Jahresurlaub für drei Wochen Internetrecherche nutzen. Und den nächsten Jahresurlaub auch. Sowie den darauf folgenden. Am Ende der Recherche wird rauskommen, dass die einen das so sehen und die anderen genau entgegengesetzt. Und du wirst dich verfluchen, dass du nicht nach Mallorca, ins Tessin und ins Allgäu gefahren bist.

Beim Fußball ist das anders. Die Schuldfrage ist vorneherein geklärt: Schuld haben immer die Schiedsrichter. Damit man alle Schuldigen gut erkennt, hat man ihnen schwarze Büßergewänder angezogen. Die Hauptschuld trägt der in der Mitte, der den Blauen von links nach rechts und den Roten von rechts nach links hinterherhechelt. Wenn er nicht mehr kann, pustet er in seine Pfeife und zieht sich damit den Ärger aller Fans zu.

Mitschuld haben seine Kollegen an den Seitenlinien, die mit abruptem Fahnengewedel die Spieler so irritieren, dass sie das Laufen einstellen. Das finden die Fans auch nicht gut und zeigen denen da unten, dass sie auch pfeifen können. Aber hallo!

Schuldige Schiedsrichter sind ungemein praktisch.

Mal sind die Blauen richtig schlecht. Das liegt daran, dass der Innenverteidiger schon einen Vorvertrag bei Vorwärts Peking hat und nur noch von der chinesischen Mauer träumt. Der Sechser vor ihm ist eh nur von SC Penicillin ausgeliehen, weshalb ihm das Spiel am Allerwertesten vorbeigeht. Und der ungemein wichtige 10er ganz vorne war noch sauer, weil er im letzten Spiel ausgewechselt worden ist und er deshalb aus Prinzip fein säuberlich links oder rechts am Kasten vorbeisemmelt. In der Pressekonferenz heißt es hingegen, dass der nicht gegebene Einwurf in der siebten Minute das Selbstvertrauen der hochsensiblen Spieler erschüttert und damit den Grundstein für die Niederlage gelegt habe.

Mal sind die Roten richtig schlecht. Dass liegt daran, dass der Club unlängst an einen Jordanier verhökert wurde, der keinen Bock mehr auf Kamelrennen hatte und seine Kicks nun im Fußball sucht. Worauf er für ein paar Milliönchen den härtesten Hund der Trainerszene engagierte, der erst einmal zur Probe 40 Spieler einkaufte und nun gerade dabei ist, Spieler unter 15 Kilometer Laufleistung pro Begegnung nach Indien weiter zu verhökern. Irgendwie hat das den Teamspirit ein bisschen erschüttert. Alle rennen wie bekloppt, um die 15 Kilometer voll zu kriegen. Den Ball hat man dabei ein wenig aus dem Auge verloren. Der Pressesprecher des Vereins stellte sich vorbildlich vor die Mannschaft und legte Datenmaterial vor, wonach es 4 und nicht nur 3 Minuten Nachspielzeit hätte geben müssen. Man habe immer mehr ins Spiel gefunden; nur durch die krasse Benachteiligung durch den Schiri habe die Mannschaft verloren.

Auch für Trainer ist der schuldige Schiedsrichter praktisch. Sollte der Geniestreich mit der Abwehr-Zweierkette nicht klappen – der Schiri war schuld. Sollte die Betonmischung mit zwei Fünferketten vor dem Tor nicht richtig anziehen – die Niederlage wird dem nicht geahndeten Trikotzupfer in der Nähe des Anstoßpunktes zugeschrieben.

Ich finde diese klare Schuldzuweisung so praktisch, dass ich sie auch für die Politik empfehlen möchte. Bei Nahostgipfeln sollte man einfach wie beim Fußball schwarze Laibchen verteilen: Eins für den Hauptschuldigen, drei für weitere Mitschuldige. Das nächste Mal sind dann andere Staatschefs dran, das geht immer schön reihum.

Weil eh klar ist, wer Schuld hat, braucht man viel weniger Zeit für Diskussionen und kann sich frühzeitig ins Fünfsternehotel zurückziehen. Angela kann am Pool ihre Magen-Darmfalte auskurieren und vielleicht kommt das Trumpeltier vorbei und man kommt sich bei einem Drink ein bisschen näher. Ist doch allemal vernünftiger, als tagelang in stickigen Konferenzräumen alle möglichen Schuldfragen zu diskutieren!

Vorteil 4: Fußball definiert den Wert des Menschen

Pädagogische Langeweiler faseln gerne über die Gleichheit aller Menschen. Alle seien von Gott geschaffen! Alle seien auf ihre Art wertvoll, da gäbe es keine großen Unterschiede!

Selbst in manchen Unternehmen wird diese Melodie gesungen: Auch der kleinste Lagerarbeiter sei ein wichtiges Rad im großen Getriebe, wird alle Jahre wieder bei der

Weihnachtsfeier verkündet. Ohne ihn würde der Laden einfach nicht laufen! Weshalb auch Kurti, der Gabelstapelfahrer, ein Stück von der Gans plus Knödel und Rotkraut kriegt. Genau wie Guido, der Vorstandschef.

An Weihnachten!

Die anderen 364 Tage des Jahres fragt sich Kurti, warum er, das kolossal wichtige Rad im Getriebe, nur einen Bruchteil des Gehalts von Guido kriegt. Ist er vielleicht weniger Wert?

Der Fußball hilft in solchen Fragen und gibt eine eindeutige Antwort: Ja, lieber Kurti, du bist weniger Wert!

Michael Rummenigge, der Bruder vom großen Karl-Heinz, hat das mal auf den Punkt gebracht. Einem über die viel zu hohen Fußballgehälter klagenden Handwerker hat er vermittelt, dass es von den Handwerkern seiner Klasse ein paar Hunderttausend gibt. Es gibt also ein riesiges Angebot; der Stückpreis fällt. Bundesligaspieler wie ihn gäbe es aber nur ein paar Hundert. Hier ist das Angebot also begrenzt, was den Marktwert nach oben treibt. Ist doch ganz einfach!

Der Fußball sensibilisiert für diesen Kosten-Nutzen Aspekt jedes Menschen. In Internetportalen wie „Transfermarkt" kannst du nachlesen, dass der Neuer, Manuel so genial das Runde davor bewahrt dem Eckigen zu nahe zu kommen, dass man dafür schon mal 45 Millionen € hinblättert. Weil es von seiner Güteklasse halt nur eine Handvoll ähnlich Qualifizierter gibt. Für Sven Ulreich, der ja auch kein schlechter seiner Zunft ist, würde man hingegen nur noch 2 Millionen € ausgeben. Und für Tom Starke, den dritten

Torhüter des FC Bayern, dürfen es gerade noch 200.000 € sein.

Ist das nicht unheimlich lehrreich? Übersetzt heißt das, dass sich jeder kleine Büroangestellte selbst fragen kann, ob er der einzige ist, der ein Formular ausfüllen kann. Nein? Da gibt es noch fünf Millionen weitere mit mittlere Reife Abschluss, die das auch hinkriegen würden? Dann bist du kaum was wert und kannst über die 2500 € in der digitalen Lohntüte noch froh sein. Klappe halten und schön weiter Formulare ausfüllen ist angesagt!

Vorteil 5: Fußball nimmt sich des kleinen Mannes an

Wenn ich einige Zeitungen richtig verstehe, müsste eigentlich die Wirtschaft Sozialhilfe kriegen. Weil die dafür sorgen, dass es uns allen gut geht. Das kann man ganz einfach belegen: Länder mit keiner oder wenig Wirtschaft haben keinen Wohlstand. Länder mit viel Wirtschaft haben hingegen viel Wohlstand. Vor allem oben, aber eben auch ein bisschen unten und dafür sollten wir alle dankbar sein.

Mit dem Wirtschaften ist es aber nicht so leicht. Manch ein ehemaliger BWL-Student wird beim Millionär werden gestört. Durch doofe Auflagen, die Gewinnspannen reduzieren. Oder durch Konkurrenz, die auch Millionär werden will. Wenn diese Konkurrenz dann auch noch aus Japan oder China kommt, wird es richtig eklig.

Bei wachsendem Wettbewerbsdruck rücken die für die Wirtschaft nicht so interessanten Käufergruppen plötzlich in den Fokus. Zum Beispiel die 30,5% aller erwerbstätigen

Haushalte, die laut statistischem Bundesamt ein Monats-Einkommen unter 1.167 € brutto beziehen. Oder die 40% aller erwerbstätigen Haushalte, die es auf ein Monats-Einkommen unter 2.083 € brutto bringen. Das sind recht knausrige Splittergrüppchen, die gerne die Hand fest auf ihrer Plastikgeldbörse haben. Es stellt sich die Frage, wie man sie dazu motivieren kann, ihre Kaufkraft zum Wohl der ehemaligen Betriebswirtschaftsstudenten einzusetzen.

Auch hier hat Fußball Vorbildfunktion – die limitierten Kröten des Arbeiters werden richtig ernst genommen und verantwortungsbewusst in die richtigen Bahnen gelenkt. Der FC Liverpool war besonders erfolgreich und hatte 77 Pfund Eintrittsgeld, also ca. 100 €, für die Plätze auf der Haupttribüne festgelegt. Was in einer Arbeiterstadt wie Liverpool eine richtig tolle Geste wäre! Arbeiter mit Minimalgehältern leisten solch einen Sozialbeitrag für ihre Millionäre? Finde ich echt bemerkenswert!

Leider kamen Nörgler dazwischen, so dass es derzeit bei nur 75€ pro Arbeiter und Besuch auf der Haupttribüne bleibt. Ist aber immer noch ein bemerkenswerter Beitrag – Chapeau!

Da kann man nur hoffen, dass das Schule macht und auch andere Sparten von so viel Solidarität profitieren können. Denkbar wäre zum Beispiel ein Eintrittsgeld für das Besteigen eines Volkswagens. Schon mit 3 oder 4 € pro Eintritt könnte man wertvolle Unterstützung für den von peniblen Abgasnormen gebeutelten Konzern generieren. Vielleicht ist es dann sogar möglich, dass die Kürzung von 17,5 Millionen auf 10 Millionen € Jahresgehalt für den Vorstandvorstandvorsitzenden rückgängig gemacht werden kann. Man muss nur wie im Fußball solidarisch sein, fest zusammenstehen und an Visionen glauben. Dann ist nichts unmöglich!

Vorteil 6: Fußball weist die größte Expertendichte der ganzen Welt auf

In fast allen anderen Bereichen ist der Durchschnittsdödel von Großkopferten abhängig. Von irgendwelchen Experten, die für ihn planen und ihm erklären, wie er sich zu verhalten hat. Von Kommissionen, Kompetenzteams und Gutachtern.

Beim Fußball ist das anders. Kaum pfeift der Schiedsrichter das Spiel an, nimmt der Expertenanteil der Bevölkerung drastisch zu. Wobei das Ausmaß an Expertentum umgekehrt proportional zur Sportlichkeit ist: Je fetter und älter, umso mehr Experte.

Kommentare wie: „Kein Wunder, dass er den nicht richtig verarbeiten konnte! Der war schwer zu nehmen!" zeigen das zögerliche Herz des Nachwuchs. Der wahre Experte mit 60 Jahren auf dem Buckel und 20 Kilo rund um die Hüfte blökt:

„Hah nee, ich fass es nicht! Warum haut der den denn nicht oben rein? Ist der denn nur blöd?"

Weil der Experte ja selbst beim TUS Jugenheim gespielt hat. Einen Sack Kartoffeln und 50 Mark Ablöse hat er gekriegt, als er nach Patenheim wechselte. Den legendären Winkelschuss gegen Heimbach, bei dem er eigentlich flanken wollte, aber mit dem Standbein wegrutsche, sorgte monatelang für Gesprächsstoff. Maradonna von Patenheim wurde er genannt. Beim Metzger Hirt kriegte er vier Wochen lang gratis einen Ring Fleischwurst „fürs unvergessliche Traumtor". Sowas adelt auf Lebenszeit. Und daher geben er und seine Gesinnungsgenossen weiterhin jeden Samstag wichtig Hinweise:

„Nimm ihn doch mit links, du Dödel!", hallt es aus Sportkneipen.

„Mit Außenrist! Mit Außenrist musst du den reinballern!", rät ein anderer Experte dem unerfahrenen Arjen Robben und freut sich, auch im höheren Alter noch mit Rat und Tat helfen zu können.

Vorteil 7: Fußball räumt auf mit den ewigen Bedenken

Auf internationalem Parkett tun sich manche deutsche Konzerne ja immer noch schwer. Aufgestachelt durch kritische Kunden erheben sie in Afrika und Asien Bedenken wegen zu geringen Löhnen, unzureichender Arbeitssicherheit und fehlenden Sozialleistungen. Dazu kommen noch Checklisten mit Menschenrechtsfragen, Gleichstellung von Frau und Mann und Umweltaspekten. Hinterfragt wird natürlich auch noch die Einhaltung von gefühlt 1000 internationalen Konventionen, vom Verbot des Elfenbeinexports über die Ächtung von Kinderarbeit bis zum Schutz seltener Blattlausarten. Worauf mögliche Kooperationspartner abspringen und mit den Chinesen kooperieren. Die hauen einen Batzen Geld auf den Tisch und ihre Checkliste kennt nur drei Begriffe: Profit, Profit und Profit.

Der einzige Wessi, der das mit den internationalen Geschäften wirklich draufhatte, war der Blatter-Sepp. Und der war Präsident des Fußballweltverbandes FIFA.

Beeindruckt hat der Sepp mit seiner Güte. Alle großen Player des internationalen Business hat der richtig ins Herz geschlossen. So sehr, dass die bei Weltmeisterschaften nie Steuern zahlen müssen. Wenn Kandidaten für die Ausrichtung von Weltmeisterschaften damit nicht einverstanden waren, dann hat der Blatter-Sepp das voll verstanden und aus Toleranz den Kelch der Ausrichtung an ihnen vorbeigehen lassen.

Im Fußball ist das so. Hat sich in Brasilien gezeigt. Hast du `nen Borritostand? Verkaufst schon seit zwei Generationen vor dem Stadion? Weg mit den Bedenken – her mit der Kohle! Da kommt Loca Colla und Monster Burger hin, die zahlen ein Vielfaches.

Blödes Genöle, dass die Arbeiter in Katar wegen der Hitze leiden würden? Passt schon, sagt die FIFA, und schickt den Kaiser höchstpersönlich hin. Der Franzl bestätigt dann auch prompt, dass ihm keine leidenden Arbeiter begegnet seien. Weder im Ritz-Carlton, noch im Four-Seasons. Was diesen Unsinn dann auch ein für alle Mal aus der Welt geräumt hat.

Vorteil 8: Fußball beseitigt Mitbestimmungsprobleme

Immer mehr Städte führen verwirrende Formen der Mitbestimmung ein. Bei Beteiligungshaushalten sollst du eigene Ideen einbringen. Also ohne dass dir jemand sagt, was deine eigenen Ideen sind. Das ist so ungewohnt, dass kaum einer an so einem Unsinn teilnimmt.

Bei partizipativen Bürgertreffen sollst du bei wöchentlichen Sitzungen über einen Zeitraum von drei Jahren den geplanten Kinderspielplatz mitgestalten. In diesem Quartal ist Größe, Höhe und Neigungswinkel der Rutsche dran. Wobei die Webers sich für ihren einjährigen Prinzen stark machen, der bei einem Gefälle von über 2% Angst kriegt und die Müllers für ihr 11 jähriges Früchtchen eintreten, dem beim Rutschen mit weniger als 70% Neigung langweilig wird.

Braucht es sowas? Wir sagen: Nein! Und wieder ist es der Fußball, der dies schon längst erkannt hat.

Ist der Brasilianer gefragt worden, ob er über 10 Milliarden nicht lieber für ein besseres Gesundheitssystem oder für mehr Schulen ausgeben will? Nö!

Hat man einkommensschwache Südafrikaner gefragt, ob sie es cool finden, dass sie weitgehend von der WM ausgesperrt werden? Weil sie als potentielle Kleinkriminelle und Randalemacher betrachtet werden und mit ihrem verlumpten Erscheinungsbild die Fernsehbilder versauen könnten? Auch nicht.

Eine Supersause war's trotzdem. Und ganz ohne Mitbestimmungsquatsch hat alleine die Brasilien-WM der FIFA über 3 Milliarden € eingebracht.

Da kann man nur sagen: Na also! Geht doch auch ohne partizipativen Schnickschnack.

Vorteil 9: Fußball tritt vorbildlich für mehr Mobilität ein

Mobilität ist das A und O für die internationale Wettbewerbsfähigkeit. Tolle Jobs gibt es auch in Singapur. Die internationalen Big Player können keine Rücksicht darauf nehmen, dass die Familie irgendeines Uniabsolventen schon seit 10 Generationen in Hamburg lebt und sich die eigentlich bestens qualifizierte Nachwuchskraft mit aller Kraft an die heimische Scholle mit Speck und Petersilie klammert.

Entweder Job in Singapur oder Jobcenter in Hamburg, da muss sich der Gute entscheiden. Solch eine Flexibilität ist unabdingbar und diese Tatsache gilt es nachhaltig in den manchmal etwas begriffsstutzigen Gehirnen der arbeitenden Bevölkerung zu verankern.

Wie das geht, hat der moderne Fußball vorbildhaft demonstriert. Der moderne Profi ist nämlich fast gar nicht mehr Zuhause. Nehmen wir zum Beispiel den Ibrahimovic. Alter Schwede! Der hat wirklich eine Tour auf dem Buckel! Kaum volljährig ist er von Malmö nach Ajax Amsterdam. Dann nach Juventus Turin, von dort nach Inter Mailand, kleiner Abstecher nach Barcelona, zurück nach Mailand, wieder nach Barcelona, noch einmal zurück nach Mailand, dann nach Paris und schließlich nach Manchester. Und das alles aus reiner Reiselust. Schlappe 170 Millionen € Transfersummen kamen auch noch dazu.

Angesichts solcher Mobilität denkt man in den Think Tanks der Champions League über die Leihfamilie nach. Kurti Knaller könnte dann ganz easy von Bayern München, wo er in 12 Monaten 40 Buden geschossen hat, nach Madrid wechseln, wo er die Familie von Berti Beton übernimmt, der in der gleichen Zeit nur 2 Dinger reingelassen hat. Die Familie von Kurti übernimmt hingegen Sergio Samba, das Mittelfeld-As aus Rio. Berti zieht es gegen Tokio, wegen des guten Sushi und der 80 Millionen Ablöse und übernimmt dort die Familie von Sigi Sense, der dort in 10 Monaten vier gegnerische Stürmer ins Krankenhaus gegrätscht hat.

Das Modell ist noch nicht ganz ausgereift, aber auch Wirtschaftskonzerne sind auf die Idee aufmerksam geworden und wollen demnächst unter dem Slogan „Lease a family" eine größere Versuchsreihe starten.

Vorteil 10: Fußball steigert die Resilienz

Man kann derzeit überall lesen, dass Resilienz immer wichtiger wird. Das fand ich hochinteressant! Vor allem weil ich keine Ahnung hatte, was Resilienz eigentlich ist. Nach ein wenig Internetrecherche habe ich herausgefunden, dass es sich dabei um so eine Art Materialkunde für Menschen handelt.

Für Ingenieure ist es vorteilhaft, wenn ein Werkstoff so richtig schön hart ist. Dann hält er lange und andere Dinge prallen einfach daran ab. Bei Hochhäusern und Brücken kann diese Härte hingegen fatal sein: Fängt die Erde mal an zu beben, kracht auch das härteste Material zusammen. Da ist es besser, ganz locker mitzuschwingen, bis es sich ausgebebt hat.

So ähnlich ist das auch bei Menschen. Das Erdbeben ist in diesem Zusammenhang eine Krise. Die schüttelt einen so richtig schön durch und jetzt kommt es darauf an, was man damit macht. Wenn man einfach nur stur stehenbleibt, hat man gute Chancen zusammenzukrachen. Besser ist es, andere Wege zu finden, mit dieser Situation umzugehen. Man kann zum Beispiel mitschwingen und das richtig cool finden. Oder man kann die Erschütterung als wertvollen Impuls für notwendige Erneuerung ansehen. So nach dem Motto: War eh alles ein bisschen angestaubt und verrostet! Weg mit dem alten Schrott, wir bauen was Neues!

Nachdem ich das begriffen hatte, war mir auch klar, warum die globalisierte Welt solche Krisenbewältigungsstrategien so dringend braucht. Weil Otze im Ruhrpott nicht mehr Kohle abbauen kann wie sein Vater, Großvater und Urgroßvater. Ist nicht mehr! Nach ein paar frustriert in sich hineingeschütteten Paletten Bier muss Otze lernen, dass es auch andere schöne Tätigkeiten gibt. Mitarbeit im Callcenter zum Beispiel. Oder Fritten verkaufen.

Ähnlich ist es bei all diesen Geistes- und Sprach- und Sonstwaswissenschaftlern. Nach der Einmündungsphase in die Arbeitslosigkeit müssen die halt erkennen, dass sich kein Schwein für schöne Gedanken, Neuübersetzungen von Tacitus oder Betrachtungen über die Zhou-Dynastie unter besonderer Berücksichtigung der Teeschalenherstellung interessiert. Da heißt es umdenken und die kleine Krise der hundert erfolglosen Bewerbungen abschütteln. Positiv denken ist angesagt: Auf irgendeinem Friedhof steht ein Besen, der nur darauf wartet, von dir hin- und her geschwenkt zu werden! Der Biergarten nebenan braucht noch flexible Aushilfskräfte, eine Brezel pro Schicht gibt's umsonst!

Wenn Ötzi und seine akademischen Kollegen Probleme bei diesen kleinen Anpassungen haben, dann können sie sich im Fußball ordentlich etwas abschauen. Der durchschnittliche Athlet steht hier nur zwei, drei Spiele auf dem Platz, dann wird er getragen. Und zwar auf einer Bahre. Weil mal wieder irgendeine Muskelfaser streikt, die Achillessehne gereizt auf die Dauerbelastung reagiert oder sich die Adduktoren ihr Leben lustvoller und weniger stressig vorgestellt hätten. Macht dem typischen Fußballprofi aber nichts aus. Noch auf der Bahre macht er ein Selfie und postet es bei Instagram.

Dann wird der Club an diesen Wüstenprinzen mit Wurzeln im Kamelrennsport verkauft. Der hat – positiv ausgedrückt – recht originelle Vorstellungen von Fußball: Er feuert das gesamte Personal, ersetzt es durch Kumpels, die er noch vom Kamelrennsport kennt und beleidigt die Schiedsrichter so lange, bis die ihm eine lebenslange Sperre für alle Fußballstadien Deutschlands aufbrummen. Unser Profi nimmt das aber ganz professionell auf und spricht von „wertvollen Erfahrungen". Als der Wüstenprinz auf einen acht Mann-Sturm umstellt und unseren eher defensiven Profi fristlos entlässt, sucht er sich einen neuen Arbeitgeber und „freut sich auf die neue Aufgabe".

Die er zunächst in London, („bin toll aufgenommen worden und fühle mich rundum wohl"), dann in Paris („fühle mich rundum wohl und bin toll aufgenommen worden") und anschließend in Tokyo („fühle mich rundum aufgenommen und wohl; ist richtig toll") findet. Wobei sich allerdings zu den Adduktorenproblemen ein Kreuzbandriss gesellt (London), das Außenband des Sprunggelenks nicht mehr mitmacht

(Paris) und die Muskelfasern angesichts des permanenten 12 Kilometergehechels gleich kollektiv im Bündel reißen (Tokyo). Das „gehört einfach zum Profisport dazu" meint unser Profi, postet Fotos vor- und nach der Operation und streckt seinen 56.000 Followern das Victoryzeichen entgegen.

Seine Ehefrau kann das permanente Herumgereise nicht mehr ertragen und trennt sich von ihm. Dies bezeichnet unser Profi nach kurzer Besinnungszeit als „ eine Geschichte, wie sie nur das Leben schreibt", wendet sich pro-aktiv einem Model zu (Paris), das aber nicht nach Tokyo ziehen will. Worauf er nicht lange nachkartet, sondern sich in Tokyo direkt nach der Einreise in Akiko verliebt („ich freue mich auf die neue Herausforderung").

Nach 23 Operationen gereicht sein einem Flickenteppich gleichender Körper nicht mehr den Ansprüchen der Nationalmannschaft; ohne weitere Begründung wird er nicht mehr eingeladen. Worauf unser Profi das Thema sofort abhakt („Nationalmannschaft ist kein Thema mehr für mich, nächste Frage"), sich auf seine rar werdenden Einsatzminuten freut („fühle mich frisch und bin heiß darauf, es allen noch mal zu zeigen") und seinen von 40 auf 2 Millionen € gefallenen Marktwert sachlich und verständnisvoll interpretieren kann („ist wie bei meinem alten Alpha Romeo, für den habe ich auch keine 100.000 € mehr gekriegt"). Seine ihn nun permanent plagenden Muskel- (Ober- und Unterschenkel), Bänder- (Knie, Sprunggelenk, Leiste) und Gelenkschmerzen (Fußgelenk, Knie, Hüfte) sieht er pro-aktiv als „typische Berufskrankheit". Stets betont er, dass sich mit der richtigen Einstellung (Schmerztabletten,

Entzündungshemmer, abends Bio-Schlafmittel) alles bewältigen lasse.

Jetzt mal ehrlich: Können wir nicht alle eine Menge von so viel Resilienz lernen? Ist der Fußball hier nicht schon in Dimensionen unterwegs, von der der normale Arbeitnehmer nur träumen kann?

Ich glaube schon und empfehle dringend, junge Wirtschaftskräfte mit gestandenen Fußballprofis zusammenzubringen. Einfach mal bei der Reha oder in der Schmerzklinik vorbeischauen, sich die Operationsnarben zeigen lassen und ein bisschen über die letzten 20 Comebacks nach diversen Verletzungen plaudern. Wie Siegfried nach dem Bad im Drachenblut werden junge Überflieger aus solchen Treffen hervorgehen; wild entschlossen allen Leiden des modernen Wirtschaftslebens heroisch die Stirn zu bieten!

Vorteil 11: Fußball bringt Dramatik ins Leben

Täglich werden wir in den Nachrichten mit Bildern aus der Politik und der Wirtschaft bombardiert.

Wir erfahren, dass sich die wichtigsten Köpfe von über 30 Staaten getroffen haben. 24 Männer, so sehen wir, haben dunkle Anzüge an. Zu den dunklen Anzügen tragen sie langweilige Krawatten. Die Staatschefs sehen müde aus. Auch das Solarium und 30 Minuten Maske vor dem Fernsehauftritt können die Jahrzehnte in abgedunkelten Konferenzräumen, den permanenten Stress und die zehrenden Machtkämpfe in der eigenen Partei nicht mehr verdecken. Wenn sie reden, sind die Sätze so lang, dass man am Ende schon vergessen hat, was am Anfang gesagt worden ist.

Von den sechs Staatsfrauen dürfen zwei was sagen. Die eine hat was Knallrotes an. Immerhin; ein Farbtupfer in der schwarz-grauen Männerwelt. Aber auch sie ist müde. Die Augen sagen Schlaf, der Mund spricht von einem durchweg positiven Treffen. Die überschminkte fahle Haut spricht von dringend benötigtem Urlaub. Der dem Mund nur zögerlich entweichende Bandwurmsatz will dir eine schöne neue Welt vorgaukeln.

Der Wirtschafts-Nachrichtenblock ist ähnlich spannend.

Eine Aktie steigt gerade. Ach nee!

Eine andere fällt. So, so.

Der grau-graue Ökonom mit dem Zombiegesicht berichtet, dass die Börse sich leicht erholt habe, es gäbe durchaus positive Tendenzen, wobei man allerdings vorsichtig sein solle. Aha.

„Ich geh ins Bett!", meint Gabi und gähnt herzhaft.

„Ich komm gleich nach", lügst du. Weil Mittwoch ist und da Champions League kommt. Und da noch der Schmackes drin ist, der den Politik- und Wirtschaftszombies fehlt.

Bei Bayern München spielt heute dieser neue. 18 Jahre ist er jung. Sein Schopf schimmert gülden und will sich nicht recht glatt bürsten lassen. Wie ein junges Fohlen scharrt er nervös am Anstoßkreis herum. Ein erfahrener Recke spricht ihm Mut zu. Der Neue lächelt, in seinen Augen glitzert das Feuer der Jugend.

„Ist der süß", würde Gabi ausrufen, wenn sie nicht schon oben bei ihrem Krimi wäre.

Gefühlt zwei Millionen Mütterherzen, die den Neuen gerade sehen, würden dem Goldschopf am liebsten eine Stulle schmieren, damit er in der Pause was Ordentliches hat. Gefühlte 6 Millionen Männerherzen erkennen sich selbst in dem Jüngling wieder. Damals, als sie noch voller Saft und Kraft waren und die Zukunft noch eine Verheißung war, eine Bühne, die nur auf ihren Auftritt wartete. Gefühlte 500.000 Jungs, die Zähneputzend noch ein bisschen Zeit bis zum Zubettgehen herausschlagen, sehen ihre eigene Zukunft: Eine Goldschopfzukunft, trippelnd, leichtfüßig, den Applaus immer in den Ohren.

Anstoß. Der Neue saust nach vorne, wird sofort gesucht. Der Ball kommt halbhoch, ist schwer zu nehmen. Als ob es ein Kinderspiel wäre, pflückt er ihn herunter, dreht sich mit ihm vom heranstürmenden Verteidiger weg, lässt einen anderen mit einer Finte ins Nichts grätschen.

Ein Raunen ist im Stadion zu hören. Tausende von Fingern strecken sich nach vorne und deuten auf den Goldjungen. Hunderte von Experten beugen sich zu ihren Nachbarn; Prophezeiungen über den hier und heute beginnenden unaufhaltsamen Aufstieg dieses Wunderknabens machen die Runde. Zig Journalisten zerbrechen sich bereits den Kopf über neue Superlative, über Lobeshymen, die das unglaubliche Talent dieses neuen Fußballmessias wenigstens annähernd wiedergeben können.

Aber es brauen sich Wolken zusammen. Der Trainer der gegnerischen Mannschaft hat die Lage erkannt. Hinter vorgehaltener Hand flüstert er mit seinem Assistenten. Seinen Mund kann er verbergen, aber nicht seine Augen. Wie Stahl sehen sie aus; das Feuer des Bösen glimmt in ihnen.

Sein Assistent steht auf und winkt einen Spieler heran. Es ist Aguire, der Schrecken eines jeden Spielers. Sein Trikot kann die gestählten Muskeln kaum noch bändigen. Wie ein Irokese hat er sich die Haare an den Seiten abrasiert, der verbleibende schmale Steg ragt wie eine Stahlbürste empor. Seine Tattoos künden von einer Welt, in der Schlangen und Dolche das Sagen haben.

Aguire hört genau zu. Er nickt und läuft zurück aufs Feld.

Goldschopf hat wieder den Ball am Fuß, er scheint an ihm zu kleben. Mit unbeschreiblicher Leichtigkeit setzt er zu einem Sprint an. Völlig überraschend stoppt er, setzt den Fuß auf den Ball, dreht sich mit dem Körper weg und zieht den Ball auf die Seite. Wieder strauchelt ein Verteidiger.

Nicht aber Aguire. Der hat auf ihn gewartet, nimmt Anlauf und springt mit beiden Füßen voran in ihn hinein, erwischt ihn am Knöchel.

Ein Aufschrei geht durchs Stadion. Der junge Gott liegt leblos am Boden. Aguire flüstert ihm etwas ins Ohr. Die gelbe Karte nimmt er nicht mal zur Kenntnis. Er hat sich bereits abgewandt und läuft zu den Seinen, die ihn für seine Schandestat auch noch abklatschen.

„Du linke Sau, du verdammte", entfährt es dir und du rückst mit dem Sessel noch näher an den Fernseher.

Die ganze medizinische Abteilung des Vereins hat sich um den Jüngling versammelt. Eis schafft Linderung. Aufmunternde Worte holen den Gefallenen in die Welt zurück. Zwei starke Arme greifen nach ihm, zerren ihn empor. Er steht wieder. Leicht schwankend zwar, aber es geht. Ein erstes Auftreten. Millionen sehen, wie sich sein Gesicht vor Schmerz verzerrt, bangen mit ihm. Er humpelt, aber es scheint zu gehen. Ja er läuft wieder, ein bisschen unrund, aber mit jedem Schritt wird es besser.

„Auf geht`s. Zeig`s den Schweinen!", rufst du. Gabi meldet sich von oben und bittet um Nachtruhe, aber das hörst du nicht. Du bist in einer anderen Welt, in der heroische Kämpfe toben.

Nun winkt der FC-Trainer einen Spieler heran. Es ist Obote. Über 90 Kilo reine Kraft, verteilt auf 1,98 Zentimeter. Obote hört genau zu. Als er aufs Feld zurück läuft, bebt der Boden von seinen schweren Schritten.

Goldschopf hat wieder den Ball. Er wirkt unsicher, gibt ihn schnell wieder ab. Erst beim dritten Ballkontakt wirken seine Bewegungen runder. Obote ist in seiner Nähe. Raunt ihm etwas zu.

Du schnappst die Fernbedienung, klickst die Lautstärke nach oben. Gabi ruft, du hörst sie nicht.

Alle arbeiten für ihr neues Genie. Geduldig haben sie den Ball kreisen lassen. Haben ihn zurückgespielt, wenn mal wieder ein Pulk überfallartig heranstürmte. Haben die Seiten gewechselt, immer wieder. Bis die Überfälle seltener, die aggressiven Checks halbherziger werden. Bis es Zeit ist.

Jetzt ist es Zeit!

Der Ball ist in den eigenen Reihen, zirkuliert 20 Meter vor dem gegnerischen Tor. ER, um den sich hier alles dreht, bekommt ihn, zieht ihn erst einmal ein Stück zurück.

Die 70.000 im Stadion wissen, dass jetzt etwas kommt. Die Millionen vor den Fernsehern wissen es. Du weißt es, jede Faser in dir, jeder Nerv. Dein schneller pochendes Herz weiß es.

Goldschopf läuft an. Obote läuft neben ihm, bei drei schnellen Schritten des jungen Gotts braucht er nur zwei. Aguire wartet schon. Er lächelt. „Na, willst du noch einen?", scheint dieses Lächeln zu sagen.

Aber was macht unser Held? Er läuft direkt auf Aguire zu. Nimmt jetzt ein wenig Tempo raus, so dass Obote an ihm vorbeiziehen kann, direkt in seinen Laufweg, direkt auf Aguire zu. Der hat plötzlich eine schwarze Wand vor sich, riecht die Finte und will an Obote vorbei, aber da gibt es kein Vorbeikommen, da steht ein Block aus Muskeln, ein Block, der gerade den Ball zugespielt bekommt, ihn mit all seiner Masse abdeckt, einen Tritt in die Wade wegsteckt als ob es nichts wäre, den Ball nur ganz kurz berührt und ihn dann nach vorne abprallen lässt.

Nach vorne, wo ER bereits heranjagt und den Pass aufnimmt, sich blitzschnell nach rechts bewegt, dann stoppt und den stolpernden Verteidiger einfach überläuft, vor sich hat ER nur noch den Torhüter. ER holt weit aus, täuscht

189

einen Volleyschuss an, der Torwart fliegt in die falsche Ecke, der Schuss ins andere Eck ist eher ein Schüsschen, genau dorthin wo niemand steht, gerade so fest, dass der Ball die Linie überquert, ein heransegelnder Verteidiger kann es nicht mehr verhindern.

„Ja. JA. JAAAAA!", brüllst du. Und fügst noch ein geflüstertes ja hinzu, weil Gabis Wunsch nach Nachtruhe nun doch unüberhörbar war. Du stellst auf Mute. Du brauchst keine Worte mehr. In dem Stummfilm vor dir siehst du noch, wie Aguire für den Wadentritt rot sieht, wie er wutschnaubend den Platz verlässt. Du siehst den stummen Abpfiff, siehst, wie alle auf IHN zulaufen, IHN hochleben lassen.

Alles ist gut, alles ist an seinem Platz. Mit einem Lächeln auf den Lippen gehst du schlafen.

…der klassischen Musik.

Klassische Musik fand ich schon immer blöd.

Wenn eine Oper im Radio läuft, geht's gerade noch so. Da kannst du 20 Sekunden zuhören, einmal herzhaft gähnen und dann das Gedudel wegklicken. Ein paar MHz weiter gibt es bestimmt einen Sender, bei dem es rockt und groovt.

Richtig schlimm ist hingegen die Outdoor-Variante. Warum, bitteschön, soll ich mein Heim verlassen, wo ich mir auf meinem Super-HD-Bildschirm 320 TV-Kanäle reinziehen kann? Warum soll ich 70 Euro hinblättern, mich in sauunbequeme Kleidung quetschen und eine halbe Stunde nach einem Parkplatz suchen?

Vor allem aber: Wie kann man es schön finden, geschlagene drei Stunden auf unbequemen Stühlen zu sitzen? Eingequetscht zwischen Fettleibigen, die dir ihre verschwitzten Arme auf die Lehne legen. Hilflos bist du dem nervtötenden Gefiedel und Geröhre ausgeliefert und musst durchhalten, einfach nur durchhalten.

Meine Frau sieht das anders. Die fühlt sich irgendwie zu Höherem berufen.

Ein paar Wochen lang läuft bei uns daheim alles bestens. Wir sitzen auf unserem Sofa. Chips und Bier vor uns. Auf dem HD-Super-Flat-Schirm läuft Tatort und alles ist gut. Dann geht es wieder los:

„Wir könnten auch mal was Anderes machen, Schatz".

„Auf Kanal 67 läuft *Highlander*. Soll ich da hin zappen?"

„Nicht was anders glotzen, hab ich gesagt! Was anderes MACHEN! Was Frisches, was anderes halt! Ich muss mal raus".

Ich weiß dann schon, was kommt. So zwei, drei Tage kann ich sie noch mit ein bisschen Abwechslung ruhig stellen. Wir spielen Mau Mau oder gehen zu Luigi Pizza essen. Aber wenn sie so drauf ist, reicht ihr das nicht lange. Die Stimmung geht von Tag zu Tag weiter den Bach runter. Das Genöle über die immer gleiche Leier ist irgendwann richtig ätzend. Ihr zuliebe willige ich dann ein, gebe meinen schwarzen Anzug in die Reinigung und bereite mich mental auf Kultur vor.

Bislang wählte ich an solchen Opernabenden immer die Abtauchvariante. Ich versinke so tief wie möglich im Sessel. Die Hände falte ich über dem Bauch. Auf mein Gesicht zaubere ich ein Dauergrinsen. Dann wird geflutet und es geht tief runter in die Unterwasserwelt meiner Träume.

Oft träume ich vom nächsten Urlaub. Ich liste in meinem Inneren alle mir bekannten Strände auf und wäge Vor- und Nachteile einer Buchung ab. Die Over-Türe, wie die den Trailer am Anfang der Oper nennen, ist dann schon mal over. Anschließend male ich mir aus, was ich beim nächsten Urlaub alles machen werde: Wie ich *chille*, mich am Strand ausruhe, ein Sonnenbad nehme, ein bisschen relaxe oder einfach nur in der Nähe der Wellen abhänge.

Ende erster Akt.

Beim zweiten Akt gehe ich mental das Abendprogramm des nächsten Urlaubs durch: Ein kühles Blondes gegen den Durst. Den Super-Sunsplash Wodka-Martini Cocktail etwas später zum Sonnenuntergang. Mit so einem Spieksi in der Olive und Schirmchen oben drauf. Vielleicht noch einen Pinn ja Kolada, oder wie der heißt. Ist geil süß, das Zeug und brummt ordentlich. Oder einen Sex-on-the-beach zum in Stimmung kommen, man ist ja im Urlaub, gehört alles dazu.

Während es vorne auf der Bühne fiedelt und röhrt, gehe ich in meinem Inneren schon mal zum Buffet meines auserkorenen Traumhotels. Teller in offener Hand tragen, damit ordentlich was draufgeht. Und dann schaufeln: Salate links, die Mini-Schnitzel oben, den Fisch unten, eine Frikadelle passt dazwischen. Rechts das Sommergemüse mit ordentlich Tomatensauce drüber.

Dann ist es langsam Zeit, sich auf die Pause vorzubereiten. Körperspannung erhöhen, Füße fest verankern. Wenn die Lichter hochgedimmt werden, mit energischem Schritt die beiden Dicken überholen, geschickt die Lücke zwischen zwei Leibern am Ausgang nutzen und runter ins Fojeh! Wenn's gut läuft, bist du unten an der Theke als Erster dran.

„Zwei Gläser Schaumwein, bitte. Von mir aus auch der Blanc de Blanc. Gerne auch Brut, Hauptsache voll. Und zwei von den belegten Mini-Brötchen. Kanapees? Auch gut. Nein, geben Sie mir gleich vier".

Für den Preis von Schaumwein mit Häppchen würdest du bei Luigi Salat, Pizza und eine Portion Eis kriegen. Dazu noch ein Viertele Lambrusco. Aber das weiß ich ja schon. Ich strecke der lächelnden Dame in schwarz-weiß einfach den Fuffi hin und zähl das Wechselgeld nicht nach. So bleibt die Laune halbwegs stabil.

Wenn das Schicksal es gut mit mir meint, kriege ich nach der Pause Strafmilderung und es kommt nur noch ein Akt. Leicht angesäuselt ist das zu ertragen. Habe ich Pech, kommen noch zwei. Dann hilft nur der vorgetäuschte Toilettengang. Ich schaue bei dem schwarz-weißen Fräulein noch mal vorbei, trinke noch ein, zwei Brut de Blancs und checke die Fußballergebnisse auf meinem Handy. Dann nochmal kurz hoch in den Saal, giftige Blicke der beim Schwelgen Gestörten ertragen, und ein Stündchen später ist es dann geschafft.

So in dem Stil verliefen meine bisherigen Opernabende.

Klar, ich sorgte auch mal für Abwechslung. Ging im Geiste die neuen GTI-Modelle durch (Ende Over-Türe). Arbeitete mich zu meinen Ausstattungswünschen durch (Ende erster Akt), montierte den Spoiler (Pause) und suchte mir mental die Anlage mir Surround-Sound und Sub-Woofer aus (geschafft und ab nach Hause).

Die Themen für meine inneren Reisen konnte ich wechseln, das war kein Problem.

Der aufgestaute Ärger über die mir angetane kulturelle Nötigung hingegen blieb.

Bis es bei uns in der Firma kriselte. Wir schrieben rote Zahlen. Die von der Controlling-Abteilung ausgehängten Kurven sahen nach Temperatursturz aus. Passend hierzu sorgte der Chef persönlich für reichlich Donnerwetter. Eine Krisensitzung jagte die andere.

Im Zuge des angeordneten „*Slim-Managements*", so einer Art Unternehmens-Abmagerungskur, wurde unsere Planungs- und Entwicklungsabteilung gestrichen. Ciao Bernd, Heinz, Gerda und Gabi! War nett, aber für so eine Abteilung haben wir heute kein Geld mehr. Das machen wir jetzt nämlich alles selber, verkündete Herr Donnerwetter, unser Chef.

„Wer macht das?", fragte ich nach.

„Na SIE von der Fertigung! Und die Anderen auch! ALLE hier!", polterte unser Alpha-Tier. „Sie werden in den nächsten Wochen geschult. Dann entwickeln sie ihr eigenes Vorschlagswesen. Nicht immer nur von Mitbestimmung reden – MACHEN!".

So kam's dann auch. So Typen wie dieser frühere FC Köln-Trainer, der mit dem Koks, sie erinnern sich, sprangen wie aufgedreht im Seminarraum rum, malten zentimeterdicke Pfeile und Ausrufezeichen auf das Flip-Chart und prügelten uns Motivation und pro-aktives Handeln ein. Jede Krise hat auch etwas Positives, man muss nur neue Visionen entwickeln! Selbst bei völlig unterschiedlichen Wünschen der Beteiligten kann man *Win-Win* Situationen schaffen! Die Qualität liegt sozusagen auf der Straße, es liegt an jedem Einzelnen, sie zu managen.

Behaupteten unsere Trainer und ich schrieb eifrig mit und versuchte, in den von mir zusammen zu schraubenden Einzelteilen irgendetwas Visionäres zu entdecken.

Als meine Frau das nächste Mal beim Tatort rumzappelte und in ihrer Kulturzeitschrift ein Highlight nach dem anderen vormerkte, musste ich an diese Motivationsfuzzis denken.

„Wie siehst denn du das mit unseren Visionen?", fragte ich sie.

„Häh?"

„Also so Entwicklungsplanmäßig. Wie säh` eine Helga und Klaus-Vision 2030 aus? Was könnte noch wachsen? Größer und besser werden?"

„Na ja, bei dir wohl der Bildschirm. Redest ja schon die ganze Zeit von diesem 55 Zoll-Monster. Vielleicht auch die Chipstüte? Statt groß lieber XXL? Und was ich will, weißt du ja."

War wohl der falsche Zeitpunkt für so eine Frage gewesen. Helga befand sich schon wieder auf dem „ich muss mal was erleben"-Trip. Was sie dann wollte, war klar. Konzerte. Opern. Galas. Theater. Neue Schtola dazu. Friseur für 60 Möpse vorneweg.

Aber da ich das Thema schon mal angetippt hatte, beschloss ich dranzubleiben. Als kleine Qualitätsmanagementübung fragte ich mich, ob man selbst aus einem Opernabend etwas Positives rausziehen kann. Versteckt sich da eine *Win-Win* Situation hinter dem Vorhang? Muss man die nur hervorziehen und pro-aktiv ausgestalten, wie unsere Trainer immer sagten?

Als ich das nächste Mal auf unserem Stammplatz in der Oper saß, - die Hände auf dem Bauch, das Lächeln auf den

Lippen, der verschwitzte Arm der Dicken berührt meinen Ellenbogen – fing ich an, die Vorteile des kulturellen Tralalas festzuhalten. Ein *asset*, also so eine Art Pluspunkt, gesellte sich zum nächsten. Zwei Wochen später schlug ich beim Sommernachtstraum im Schlosspark nicht nur gefühlte einhundert Schnaken tot, ich baute meine Thesen auch weiter aus.

Überraschendes Ergebnis: Man kann aus der ganzen Klassik nicht nur was Positives ziehen. Strategisch betrachtet, ist es sogar zwingend notwendig, ein Anhänger der E-Musik zu sein!

Werde Klassik-Fan, so möchte ich dir mit geläutertem Geist nun zurufen, und die Macht ist mit dir! Weil da, wo solche Musik gespielt wird, sind immer die, die das Sagen haben. Das habe ich bei den Preisreden der Gala für den Frieden gemerkt. Da gab der Herr Vorsitzende vom Kulturverein dem Oberbürgermeister das Wort. Der wollte es nicht behalten und gab es an den Bürgermeister weiter. Der es auch nicht lange wollte und irgendeinen Dezernenten das Mikro in die Hand drückte. Ihr könnt sicher sein: Wo E-Musik gespielt wird, herrscht extreme Politikerdichte. Wenn du an die Zukunft denkst, perspektivisch sozusagen, ist es allemal besser mit denen, als gegen die zu sein.

Weil ja, und das ist Punkt zwei der Vorteile, da wo die Macht auch das Geld ist. Das merkst Du schon beim Eintritt. Und dann im Fojeh. Da sieht es aus wie bei einer Massenhochzeit. Die Damen in feinstem Tüll. Jeder freie Zentimeter ist mit Diamanten und Goldkettchen behängt. Dazu dieser Duft - wie bei der Bundesgartenschau, nur irgendwie teurer.

Und die Kisten in der Tiefgarage! Mit der Flotte von Vierrad-angetriebenen Landcruisern und Cayennes könntest du alle Förster Deutschlands ausstatten. Es geht aber nicht um Off-Road-Tauglichkeit und draußen Zuhause und so 'nen Quatsch. Die scheintoten Herren, die die Dinger fahren, würden im Busch keinen Tag überleben. Es geht darum zu zeigen, was man hat! Jeder Kubikzentimeter zählt. Bei den etwas kleineren Wagen ist der Stern auf der Haube das mindeste. Eine Wildkatze oder ein Engel oben drauf darf es schon auch mal sein.

Wenn du also zielkonsequent Partnerschaften eingehen willst, wie man beim Qualitätsmanagement so sagt, bist du hier richtig. Also nicht in der Tiefgarage, ist klar, sondern einen Stock höher. Immer nur ran an die *Big Shots*, hat unser Trainer empfohlen, immer auf Tuchfühlung bleiben. Irgendwann ergibt sich was, da kannst du drauf wetten.

Ein weiterer Vorteil der Klassik ist das mit dem recht haben. Über Geschmack kann man bekanntlich streiten. Der eine mag Dudelsack, der andere Mundharmonika. Sie schwärmt für Gesänge vom Gregor, ihre Freundin mag es A-Capella. Alles gut. Steht alles gleichberechtigt nebeneinander.

Bei Klassik ist das anders. Klassik ist einfach gut. Schluss, aus, Ende, Basta! Weißt du auch warum?

Weil die, die das spielen, sowas von saugut sind, dass du da einfach nicht dran vorbeikommst. Bei der Gala war zum Beispiel einer mit so einer überdimensionierten Standgeige, der hat schon unter dem gespielt, der heute zu den Besten auf der ganzen Welt gehört. Hat einer gesagt, der zu den besten Kritikern der Welt zählt. Und der war schon beim Barack eingeladen.

Dieser Hänfling mit dem Stöckchen, auf den bei der Gala alle gehört haben, steht dem mit der Standgeige in nichts nach. Ist ein richtiges Freiburger Bobbele und war trotzdem in Null komma Nix der Chef von den ganz Großen, verstehst du? Dann ist er nach Spanien gegangen und hat mit 29 das Staatsorchester übernommen.

Und wo die überall schon waren! Die junge Dame mit der Violine hat in New York die erste Geige gespielt. Der Herr mit den schmalen Augen neben ihr musizierte im Wasabi-Symphoniesorchester oder so in Tokyo und die mit der Flöte hat in Mailand an einer Skala mitgearbeitet. Da kannst du mit deinen Stationen Eschbach-Stegen-Freiburg-Denzlingen nicht gegen anstinken!

Falls du immer noch Zweifel hast, haut dir der Laudator die Ohren mit von den Jungstars errungenen Preisen so zu, dass es nur so klingelt. Preise in Gold, in Platin, in Diamant – ist alles dabei! Die links hat die größte Auszeichnung der Akademie für was weiß ich was gekriegt und der rechts den galaktischen Ehrenpreis für Super-Käpsele. Es ist sozusagen eine Ehre, überhaupt die gleiche Luft wie die da oben atmen zu dürfen.

Alles klar? Alles verstanden? Klassik verpflichtet! Zum Klatschen und zustimmen. Zum anerkennenden Nicken und voller Bewunderung den Kopf schütteln. Zum Aufspringen, da capo rufen (machen alle so) und frenetisch mit den Füßen stampfen. Und zwar mit Kondition. Wird alles mitgezählt und am nächsten Tag steht in der Zeitung:

„Erst nach 12 Vorhängen durfte er erschöpft, aber glücklich von der Bühne."

Weil du noch gestampft hast, als die kleinen Zehen in den engen, schwarzen Schuhen schon angeschwollen waren. Da fühlt man sich verbunden mit den Großen der Welt! Und das ist doch *Win-Win*, oder?

Den größten Vorteil von dem E-Musik-Zirkus habe ich mir für den Schluss aufgehoben:

Klassik liftet!

Nicht die Gesichtsfalten, sondern dein Ansehen. Probier es mal aus und sag:

„Gestern war ich bei *Boss Hoss*."

Klingt wie: Gestern habe ich *Schniposa* gegessen. So sind dann auch die Reaktionen: Eine halbe Sekunde wird vom Handy hochgeschaut und routiniert:

„Und? War's gut?"

gefragt. Dann ist der Blick schon wieder auf dem Display. Schließlich hat der beste Freund gerade auf WhatsApp gepostet, dass er Vanilleeis an der Dreisam isst und das saulecker schmeckt. Das ist eindeutig wichtiger.

Jetzt sag mal:

„Ich war gestern in der Oper. In Mozart's Kosi van Tutti."

Da gehen alle Augen nach oben und zwar sofort.

Zum einen, weil du ja sonst immer nur zum SC gehst und die da Fußball und nicht Mozart spielen.

Zum zweiten, weil am Mozart so `ne Art Goldstaub haftet und jeder der seinen Namen nennt, was davon abkriegt.

Zum dritten, weil es bei der Oper nicht um irgendeinen holländischen Transvestit geht. Also nicht Kosi van Tutti, du Dödel, sondern Cosi Fan Tutte. Unter deinen Zuhörern war vielleicht einer mit Flat Rate, hat's gegoogelt und schon warst du aufgeflogen.

Aber ich möchte nochmal auf das mit dem Goldstaub zurückkommen. Der Berti, der schafft bei Aldi im Lager. Ist eigentlich eine echt arme Sau, der Berti, aber er ist auch großer Ferrari-Fan. Bei dem ist alles Ferrari, egal ob T-Shirt, Badetuch oder Käppi: Überall knallroter Hintergrund, das Wappen mit aufgerichtetem Pferdchen auf gelbem Grund und schwarz-weißes Schachbrettmuster außen rum. Und ich sag dir: Das wirkt. Obwohl der Berti gerade mal seine 1,5 Zimmerwohnung zahlen kann, halten ihn alle für einen großen Rennsportfan, der vermutlich seinen *Spider* oder *Testarossa* in der Garage stehen hat.

Mit großen Konzerten ist es ähnlich. Es reicht schon, dabei gewesen zu sein und schon glauben alle, dass du kultiviert bist. Deswegen müsste man eigentlich jede Eintrittskarte mit dem Hefter am Hemd festmachen: Seht mal her – da war ich! Oder es gleich wie diese Wanderfreaks machen und für jedes Kulturevent ein Blechschild auf den Stock nageln:

La Traviata in Wien; tak tak tak und fest.

Carmen in Berlin, tak tak tak und fest.

Othello in Barcelona, tak tak tak und fest.

Würde echt was hermachen, so ein Stock. Aber in Klassik-Kreisen macht man das nicht so. Das läuft da irgendwie feiner.

Fängt schon mit der Sprache an. Man sagt bei irgend so einer italienischen Oper nicht:

„Die haben Tartufo gespielt". So sprechen nur Laien. Man sagt:

„Die haben Tartufo gegeben".

Klingt geil, oder? Also selbst in der Veltins Arena würde man beim Mega-Lokalderby nicht sagen:

„Die haben Schalke gegen Dortmund gegeben".

Bei Klassik macht man das so. Und mit so 'nem Super-Satz hast du schonmal die Basis. Dann nennt man ganz nebenbei den Namen von einer Koryphäe, die da mitgemacht hat. Also bei der Gala sollte zum Beispiel der Justus Frantz kommen. Ich kenn nur den Mike Frantz, der spielt rechte Außenbahn beim SC, aber in Klassikkreisen kennt jeder diesen Justus Frantz. Und das musst du nutzen und sagst:

„Also den Tartufo habe ich ja schon x-mal gehört (das zeigt, dass du in Sachen Klassik ein alter Hase bist), ich bin nur wegen dem Justus hin" (das zeigt, dass du zu dem Justus eine fast intime Beziehung hast, also kulturell-geistig, natürlich).

Jetzt schweigen schon alle. Wie in einem Lift schnellt die dir entgegengebrachte Wertschätzung nach oben. Das mit den drei Bier zuviel beim letzten Betriebsausflug ist dir schon verziehen. Das mit dem Riesenketchup-Fleck und den Beleidigungen auch. Dein wahres musisches Wesen, hochsensibel und dem Guten und Wahren verpflichtet, wird endlich wahrgenommen.

Jetzt musst du am Ball bleiben und noch einen drauf setzen. Aber Vorsicht. Aussagen wie

„Mein Gott, hat der einen Strich. Da flutscht der Bogen ja nur so über die Saiten!", sind nicht ohne Risiko. Die Geigenspieler haben vermutlich eine ganz eigene Sprache. Da kann man leicht mal danebenliegen.

Bleib daher besser bei Allgemeinplätzen. Gut ist:

„Göttlich, einfach göttlich, sag ich euch" Das zeigt, dass du selbstverständlich alle Solopianisten der Welt kennst und die Qualität des Vortrags beurteilen kannst.

„Also so gut hab ich ihn noch nie gehört", kannst du dann noch ergänzen. Weil du ja schon auf gefühlten Zwanzig Mike, nein, Justus Frantz Konzerten warst und sie alle in deinem zarten Inneren gespeichert hast. Ist ja klar.

Jetzt müsste eigentlich in Sachen Lift das Dachgeschoss erreicht sein.

Falls noch ein Stockwerk fehlt, dann plaudere einfach noch ein bisschen über andere Superstars.

„Der Mischa (Maisky, aber das man den kennt, setzt du natürlich voraus, man ist ja schließlich unter sich), der hatte nicht ganz so seinen Abend, den hab ich schon besser gesehen."

Drei Sekunden warten, während derer sich niemand traut, nach dem Nachnamen von diesem Mischa zu fragen. Dann einfach noch was aus der Plauderecke zufügen.

„Na ja, hat sein sechstes Kind. Soll manchmal ein bisschen viel sein, hört man. Aber der Mischa ist trotzdem bei jedem, also bei jedem Auftritt sein Geld wert. Hab's noch nie bereut."

Jetzt besser nicht mehr reden. Die kulturelle Tiefe der Worte noch ein bisschen wirken lassen. Die anerkennenden Blicke genießen und dann gehen ist das Beste. Mit der Gewissheit, dass du nun dazu gehörst, dass du ganz oben bist im Musikhimmel. Ein besonders wertvoller Eingeweihter unter Eingeweihten, ein Träger des gehobenen Geschmacks.

„Du Helga", frage ich meine Frau, nachdem ich den strategischen Wert der einzig wahrhaften Musik erkannt habe.

„Wollen wir zur Aida? Die geben sie bald in Basel."

„Bitte? Was ist denn mit dir los? Willst doch sonst nie weg."

„Na ja, hab einfach mal ein bisschen nachgedacht".

„Du? Ist ja was ganz Neues. Solltest du öfters mal machen".

„Altes Schandmaul", sage ich zärtlich und geb ihr einen Klaps auf den Hintern; da hat sie's am liebsten. Auf meinem Gesicht ist ein Lächeln. Mein Chef kommt nämlich auch nach Basel. Und der Heinz, der wo ja die Aufsicht bei uns am Band hat und ein paar Hunderter mehr verdient, geht bald in Rente. Den Job wird einer aus unserer Fertigungsgruppe kriegen und ich habe da so eine Vision, wer das sein wird. Ich freu mich schon auf die Pause. Ein gemeinsames Gläschen, das zweite geht dann auf mich. Da wird sich was ergeben, das spür ich schon....

... dem spirituellen Wachstum

Ein paar Jahrzehnte hast du nun schon auf dem Buckel. In der Berufseinmündungsphase kamst du ein wenig ins Schlingern, hast dann aber Fahrt aufgenommen und preschst nun schon ein paar Jährchen auf der Zielgeraden entlang.

Die Geschwindigkeit stimmt, nur wo es hingeht, ist nicht ganz klar. Es ist ein guter Moment, um innezuhalten und eine Zwischenbilanz zu ziehen.

Der amerikanische Psychologe Maslow hat dafür ein nützliches Instrument geschaffen: Die Bedürfnispyramide. Den Sockel bilden die Basisbedürfnisse. Sind die erfüllt, kann es Schritt für Schritt nach oben gehen. Schaun mer' mal, wo du da stehst.

Deine körperlichen Bedürfnisse sind abgedeckt. Sprich die Wurst- und Käseboxen im Kühlschrank sind prall gefüllt. Im Eisschrank frieren in Tranchen zerlegte Säue und Rinder vor sich hin und mit dem Weinvorrat im Keller könntest du eine Party für eine ganze Kompanie bestreiten.

Für Sicherheit sorgt die neurotische Nachbarschaft, die einen permanenten Abgleich der vorbei schlendernden Visagen mit aktuellen Fahndungsfotos vornimmt.

Sozial bist du mit der Mitgliedschaft im Bürgerverein, deinen Doppelkopfrunden und den diversen sportlichen Aktivitäten von Sohnemann Florian und Töchterlein Clara voll beschäftigt. Sollte es versehentlich daheim mal ruhig sein, sorgen Tante Gerda, Onkel Heinz und der Rest der gruftigen Gang mit Spontanbesuchen für Abhilfe.

Auch ganz individuell hast du deine Bedürfnisse umgesetzt. Zweimal die Woche Fitness sorgt für körperliche Power. Fünfmal die Woche 9 Stunden Büro sorgen für finanzielle Stärke. Der 7er Sportbrummer mit Alufelgen glänzt in der Einfahrt und beeindruckt die Nachbarschaft.

Fazit: Die meisten der von Maslow genannten Bedürfnisse sind befriedigt.

Reicht doch, oder?

Wäre doch eine gute Gelegenheit, um aus dem Kühlschrank ein paar Leckerlis zu zaubern, ein Fläschchen *Crémant* aufs Tablett zu platzieren und damit erhobenen Hauptes zur Gartenlaube zu stolzieren. Dann Frank Sinatra auf deinem Smartphone anklicken, ihn *I did it my way* tremolieren lassen und währenddessen mit dir selbst anstoßen:

„Gute Arbeit! Haste sauber hingekriegt, Alter!" Prösterchen und ab auf die Gartenliege.

Also alles gut? Mitnichten – es reicht eben noch nicht!

Weil in der Bedürfnispyramide ganz oben noch Selbstverwirklichung genannt wird. Und um dich endgültig vom Nickerchen abzuhalten, hat dieser Maslow kurz vor seinem Tod der Pyramide eine neue Spitze aufgesetzt: Transzendenz! Die Suche nach Gott oder nach einer dich selbst überschreitenden Dimension!

Das erinnert dich an dein letztes Klassentreffen.

„Und was machst du jetzt so?", hatte Maria dich gefragt, in die du als 17 Jähriger fürchterlich verknallt warst.

„Ich bin bei *Crap International*. Gruppenleiter im Vertrieb. Derzeit nur für Asien. Werde aber bald auch Nahost übernehmen."

Das hattest du ganz beiläufig gesagt und auf ordentlich Anerkennung von deinem damaligen Traum gehofft. Aber Maria hatte nur ihren süßen Schmollmund geschürzt und gemeint:

„Ach, du Armer! Bist ja voll in der Mache! Dann schau mal, dass du wenigstens heute ein bisschen runter kommst."

Auch bei anderen konntest du mit deiner Erfolgsgeschichte nicht punkten. Die Ah's und Oh's ernteten die Aussteiger und Selbstverwirklicher.

Wie zum Beispiel Vera. Die hat ihre Marketingagentur verkauft und mit dem Erlös einen Teeladen aufgemacht. Nun reist sie jedes Jahr zwei Wochen in den Himalaya und kauft rein organisch produzierten Darjeeling. Zu Fair-Trade Bedingungen. Fanden alle super.

Oder Sabine. Die ist von ICT-Fachkraft auf Yogalehrerin umgestiegen und betreibt nun ein Zentrum für Körperarbeit und Meditation. Bei der Party haben sich gleich ein paar für ihren neuen Kurs angemeldet.

Den Vogel hat aber Bernd abgeschossen. Der ist Coach für erfüllte Lebensgestaltung geworden und betreut ausgebrannte Unternehmer. Mit denen geht er in den Alpen wandern und bringt ihnen bei, wieder die Füße zu spüren und das Rauschen der Wasserfälle zu hören. Warum die dafür einen Tausender am Tag zahlen, verstehst du nicht. Aber deine ehemaligen Klassenkameraden waren hin und weg gewesen.

Und auch in der Verwandtschaft ist die Sinnsuche ausgebrochen. Tante Gerda legt Tarot und sieht in Säbel schwingenden Prinzessinnen und einstürzende Türmen schicksalshafte Fügungen. Dein Vetter mag's aryuvedisch und die Nichte arbeitet im Tibet-Zentrum mit.

Summa summarum musst du dir eingestehen, dass dein Streben nach körperlicher Zufriedenheit, Sicherheit und Anerkennung nur das Warmlaufen war. Die Befriedigung deiner ach so individuellen Bedürfnisse wie Muckibude (machen ja nur 9 Millionen) und Kohle machen im Büro (da sind's ein paar Milliönchen mehr) reicht nicht. Vom modernen Menschen erwartet man Höheres, spirituell-transzendenter Gipfelsturm ist angesagt!

Na gut, sagst du dir. Kneifen gilt nicht. Gehst ja auch sonst keiner Herausforderung aus dem Weg. Also her mit dem Smartphone und mal schauen, was in der www-Welt zum Thema Transzendenz angeboten wird.

Bei deinen Recherchen stößt du auf einen Philosophen, der nebenberuflich spiritueller Lehrer ist. Also nicht so ein Guru im weißen OP-Kittel mit Blümchenkranz auf dem Haupt und seltsamen Grinsen im Gesicht. Nein, der Kerl sieht ganz normal aus. Die Stirn ist ein bisschen hoch geraten. Mit dem Blick könntest du vermutlich Roentgen-Aufnahmen machen. Aber sonst gibt es nichts auszusetzen.

Dieser Hochgestirnte fasst mal eben Philosophie, Wissenschaft und Religion von ein paar Jahrtausenden zusammen und peppt sie mit Erfahrungen von Mystikern und Meditationslehrern auf. Raus kommt so eine Art Mega-Fusion, bei denen der Geist ebenso berücksichtigt ist wie der Kosmos. Und das soll eine Menge mit deinen ganz alltäglichen Bedürfnissen zu tun haben soll.

Irgendwie so. Du liest und liest, hangelst dich an Quadranten, Holons und Holarchien (Holahö!) entlang. Verstehen tust du nicht allzu viel. Aber irgendwie erinnert dich das Ganze an ein Monsterrezept, dass du mal gesehen hast. Das hatte deine gute alte Freundin Nicole als Geschenk von einem Sternekoch erhalten und voller Stolz in der Küche aufgehängt. Gute 1,5 Meter Pergamentrolle hingen da! Auf Augenhöhe konntest du dutzende von Arbeitsschritten für das Kleinschnippeln, anschwitzen und würzen von allerlei Gemüse studieren. Um das durchs Sieb passieren und aufkochen im Kupferkessel in all seinen Raffinessen nachzuverfolgen, musstest du schon eine Kniebeuge hinlegen. Und nur die Geduldigen lasen auf allen Vieren von feinsten Fischen und Krustentieren und ihrer exquisiten Zubereitung - nur vom Lesen konnte einem schon das Wasser im Mund zusammengelaufen!

Dieser Hochgestirnte ist auch so ein Sternekoch, da bist du dir sicher. Nur dass der eben Geistesgeschichte und so zubereitet. Die besten Ideen schmeißt er in seinen Mental-Topf, lässt alles ein bisschen miteinander holonieren und holarchieren und gibt dann eine ordentliche Prise Spiritualität und Transzendenz bei. Und fertig ist das Universal-Rezept.

Faszinierend! Musst du probieren.

Für die eigene Selbstverwirklichung, meint Stirni, müsse man nur ein paar Bereiche in sich entwickeln. Macht man das, lebt man gesünder und entwickelt geistige Klarheit. Die soziale Kompetenz soll auch noch wachsen und spirituelles Wachstum gibt's gratis oben drauf.

An deinem grobstofflichen, subtilen und kausalen Körper sollst du arbeiten. Die eigenen Sichtweisen gilt es zu überprüfen. Hübsch häufig meditieren steht auch an. Zudem hast du deine Achtsamkeit zu schulen und deine Schatten durchzukneten.

Für alle Bereiche gibt es Übungen. Wobei es ganz wichtig ist, dass man keinen Bereich auslässt. Weil sonst der kausale Körper dem subtilen hinterherhinken könnte. Oder die ganze Achtsamkeit nichts nützt, weil da zu viele Schatten drauf fallen. Irgendwie so.

Theoretisch würde so ein Trainingsprogramm in einer Woche zu absolvieren sein. Montags bis mittwochs Arbeit mit dem grobstofflichen, subtilen und kausalen Körper. Donnerstags Überprüfung der eigenen Sichtweisen. Freitags Meditationen. Samstags Schattenarbeit; das kannst du gut in deiner Werkstatt machen; bei laufender Kreissäge hört man die Schreie nicht so. Sonntags dann Achtsamkeitstraining, das geht auch beim Brunch.

Als Übergangsritus nimmst du in aller Bewusstheit Abschied vom profanen Leben. So richtig „wenn schon, denn schon": Das T-Bone Steak wiegt 400 Gramm, in den gerade erst gekauften Kasten Bier schlägst du erhebliche Breschen. Ein hoch-geistiges Gläschen darf zur Einstimmung auf die neue Lebensära nicht fehlen.

Dann bist du bereit. Dein transzendenter Aufstieg beginnt.

Montag – Arbeit mit dem grobstofflichen Körper

Am Montag ist auf der Autobahn immer die Hölle los. Mit neuer innerer Ausrichtung siehst du das positiv: Das Stündchen im *stop and go* wirst du gleich mal für die Erforschung des Grobstofflichen nutzen. Du rufst deine Notizen auf dem Smartphone auf. Punkt für Punkt hast du dir dort dein erstes Übungsprogramm notiert.

„Wie sieht deine Umgebung aus?", lautet die erste Frage, der du nachspüren sollst.

Tja. Regnerisch. Die Scheibenwischer tanzen rhythmisch hin- und her. Kann man sogar nett finden, wenn man sich ein bisschen bemüht. Rtscht-da-wtscht. Rtscht-da-wtscht. Man könnte eine fröhliche Melodie zu diesem Rhythmus erklingen lassen. Wenn nicht gerade Montagmorgen wäre. Und wenn das 400 Gramm T-Bone-Steak in Weizen-Hopfensoße nicht eine gewisse Schwere in dir erzeugen würden.

„Was riechst und schmeckst du?"

Punkt 1, riechen: Abgase. Müssen von dem Brummi vor dir kommen. Ist ein fetter 30-Tonner aus dem Osten. Bulgare oder Rumäne oder so, die kennen das mit den Katalysatoren ja noch nicht. Warum der überhaupt auf der Autobahn fahren darf, kann einen ja schon wundern. Man hört da einiges über Scheinchen, die aus dem Autofenster gereicht werden, damit der eine oder andere nicht so genau hinschaut.

Egal. Was riechst du noch? Was fein säuerliches. Ach ja, du erinnerst dich: Die Buttermilch mit dem super-dünnen Aluminiumdeckel. War leider ein bisschen eingeritzt worden und hatte sich dann über den Einkauf verteilt.

Punkt 2, schmecken: Das Mundwasser. Doch, ja, du schmeckst diese Menthol-Frische. Hast du dir extra noch reingezogen, um das saure Aufstoßen zu überdecken.

„Und deine Empfindungen? Was fühlst du?"

Dumme Frage, findest du. Was man halt so fühlt am Montagmorgen. Hätten zwei Stündchen Schlaf mehr sein können. Die anstehenden drei Besprechungen und die Präsentation um Vier stimmen dich auch nicht gerade heiter. Und montags ist das E-Mail Fach immer zugeknallt. Vor allem von den ausländischen Kunden, die das mit dem Wochenende nicht so kennen.

So. Nun steht da auf dem Notizzettel, dass du Zeuge dieses Gewahrseins sein sollst und es da sein lassen sollst. Wobei dir, genau genommen, doch nichts anderes übrig bleibt, oder? Der fette Stinker vor dir geht doch nicht weg, bloß du ihn nicht da sein lassen willst! Und dieser Kloß im Inneren löst sich nicht auf, weil du ihn nicht annimmst! Genau wie dieser eklige Rest Milchsäure – der verflüchtigt sich doch nicht, weil du ihm nicht gewogen bist!

Aber gut, dein spiritueller Lehrer will es so. Also lässt du noch ein bisschen da sein, was eh schon da ist und klickst auf den Notizen weiter nach unten.

Beide Hände sollst du nun auf den Bauch legen. Die Übung ist eindeutig nicht fürs Autofahren gemacht worden, stellst du fest. So ein zwei Sekunden geht's, dann blendet einer hinter dir auf. Bloß weil du dem Mittelstreifen ein bisschen zu nahe gekommen bist.

Also besser abwechselnd linke Hand auf Bauch, rechte ans Steuer. Tief atmen. Dann rechte Hand auf Bauch, linke ans Steuer. Tief atmen. Und jetzt?

"Große Freiheit und alle Gaben des Universums zeigen sich in dieser vergänglichen Form deines Körpers".

Die linke Hand geht schon ganz automatisch auf den Bauch, die rechte ans Steuer. Der Atem fließt ganz von selbst in dich hinein. Das macht er schon lange so, da warst du schon immer gut drin. Auch das Wechseln von der rechten Hand auf den Bauch und der linken ans Steuer erfolgt in weichen, fließenden Bewegungen. Fast wie beim Synchronschwimmen. Fehlt nur noch die Nasenklammer.

Aber mit dem Text hast du noch so deine Schwierigkeiten. Zum einen, weil du früher echt ein Spargel warst. Also nix mit allen Gaben des Universums in dir, da hatte eine Portion Muckis gefehlt, der leichteste Rempler hatte dich beim Fußball umgehauen. Wenn du mal was gesagt hast, gab's von den vom Kosmos reicher Beschenkten gleich was drauf. Aber nicht zu knapp. Bis du den Vertrag bei FFF ("Fit, Frisch, in Form") unterschrieben hast und mehrmals die Woche Eisen stemmst, bis jeder Muskel brennt. Seitdem rennst du bei den Altherren-Fußballspielen geradeaus und die anderen fallen um.

Aber mit dem spirituellen Weg ist es wohl genauso wie mit dem Büro: Man muss nicht alles offen sagen, was man denkt. Also Linke auf den Bauch und leise was vom Universum und all dem was sich da in deinem Körper ausdrückt murmeln. Wechseln, den Brummer endlich überholen. Rechte auf den Bauch, sich bei der Ausfahrt in den Stau einreihen und tief ausatmen.

Jetzt sollst du in die Hocke gehen, den Boden berühren und dich mit allen Geschöpfen der Erde verbunden fühlen. Passt irgendwie, denn am Montag steht man an dieser Stelle immer ein paar Minuten, bis die Ampel einen Kilometer weiter vorne endlich mal wieder Grün zeigt. Also Sitz ein Stück zurückstellen, den muskulösen Unterarm am Lenkrad vorbei zwängen und die Fußmatte berühren. Unten riechst ein bisschen mehr nach Milchsäure, die Frischluft kommt einfach nicht so gut hin. Kleines Bäuerchen und wieder hoch. Beide Fenster aufmachen und weiter. Runter, den Kopf elegant am Lenkrad vorbei bugsieren, Fingerspitzen schön lang machen und Kontakt! Erinnert ein bisschen an die Warmmachübungen im Gym. Kann man auch gut abwechselnd links und rechts machen. Links, und runter und verbunden fühlen. Rechts, und runter und verbunden fühlen.

Bis es hinter dir wie besessen hupt. Dann hoch, schalten, beide Hände ans Steuer und rassig anfahren, bis der Verkehr fünfzig Meter weiter wieder stoppt. Und wieder links, und runter und verbunden fühlen. Rechts und runter und verbunden fühlen.

Als du bei der Ampel ankommst, bist du schon ein bisschen am Schwitzen. So langsam wirst du warm mit diesem Spiri-Programm.

Dienstag – Gefühlsarbeit

Heute sind die Emotionen dran. Die sollen subtil sein, hat dein spiritueller Bergführer betont. Hast du noch gar nicht gemerkt. Die schlechte Laune am Morgen, die Konstanz, mit der sie sich während des Büroeinerleis hält, der gute Laune-Flash beim abendlichen Heimkehren: Kam dir alles eher grobstofflich vor, wie man in transzendenten Kreisen wohl sagen würde.

Aber du bist ja lernwillig. Du hängst das Schild „Skype-Konferenz – nicht stören!!!" raus und schließt die Tür ab. Von deinem Diktiergerät lässt du eine Aufzeichnung der letzten Konversation mit dem Kunden aus Übersee laufen. Falls der Schröder wieder lauscht - der hätte bei der Stasi eine klasse Karriere hingelegt.

Nun schließt du die Augen, blendest das digitale Gebrabbel im Hintergrund aus und lässt dich auf dein morgendliches Unwohlsein ein. Dein Chef taucht vor deinem geistigen Auge auf. Die mächtige Wampe scheint nur Zentimeter von dir entfernt zu sein. Du hörst förmlich seine befehlsgewohnte Stimme, siehst seinen abschätzigen Blick, der ohne Worte alles über seine Unzufriedenheit mit den Leistungen seiner Untergebenen sagt.

Dieser Kümmler, der neue Abteilungsleiter, gesellt sich dazu. Sein arrogantes Dauergrinsen hat er wieder drauf. Mit leiser Stimme verkündet er Reorganisationsmaßnahmen, die dich äußerlich freundlich Nicken lassen dich innerlich in den Wahnsinn treiben.

Beide hasst du. Hättest du die Wahl, würdest du 0 von 365 Tagen im Jahr mit ihnen verbringen. Hättest du das Geld, würdest du ihnen einen 30 Jahre-Urlaub auf Neuseeland schenken - das liegt genau auf der anderen Seite der Welt. Was ist daran, bitteschön, subtil?

Du rufst das Internet auf deinem Desktop auf und *googelst* deinen transzendenten Aufstiegsberater herbei. Unbeständig seien alle Empfindungen und alle damit verknüpften Vorstellungen, führt Stirni aus.

Na ja, willst du anmerken. Dein Chef hält sich nun schon 12 Jahre an der Spitze von dem Laden. Seine Unbeständigkeit lässt ziemlich zu wünschen übrig. Und dieser Kümmler ist rücksichtslos, arrogant und durchtrieben. Damit hat er beste Chancen, den Stuhl vom Big Boss irgendwann mal einzunehmen.

Dennoch sollst du alles nur als vorübergehende Erscheinung ansehen, rät dein Lehrer, als Spiegelung in deinem Inneren. Und jegliche Manifestation sei als Teil des Universums auch in dir enthalten. Formlos und unbegrenzt. Frei, vollständig und vollkommen – wie deine wahre Natur.

Das ist nun wirklich starker Tobak, findest du. Dass deine wahre Natur frei, vollständig und vollkommen ist, geht ja in Ordnung. Aber Alpha-Stier, wie der Boss hinter vorgehaltener Hand genannt wird, soll auch frei, vollständig und vollkommen sein? Und dieser neue Abteilungsleiter Kümmler, der sich wegen seiner eiskalten Art schon nach acht Wochen den Spitznamen Kimmler eingehandelt hat, auch? Hinzu kommt, dass beide in dir enthalten sein sollen. Also auch über den Feierabend hinaus. Das gibt dir nun doch zu denken. Du hängst das Schild „Skype Konferenz! Bitte nicht stören!", ab. Eine tiefe Nachdenklichkeit lässt dich den ganzen Tag nicht mehr los.

Auch am Abend nicht, als du Monika noch die Übung für sinnliches Wachstum vorschlägst. Bei der muss sie nur einfach in so einer Art Schneidersitz auf dir hocken. Also ruhig in Klamotten, es geht hier nicht ums Grobstoffliche. Vielmehr geht es um die Energie, die zwischen ihren und deinen Chakren hin- und her schwingt. Sollte sie jedenfalls. Aber Monis permanente Fragen, was denn eigentlich mit dir los sei, stören etwas. Als sie nach zehn Minuten in ihr Zimmer verschwindet und die Tür hinter sich zuschmeißt, verzeihst du ihr. Sagst Alpha-Stier und Kimmler, die ja irgendwo in dir sind, gute Nacht und lässt dich fallen in die durch Daunen ausgedrückte Einheit des Seins.

Mittwoch – Arbeit mit dem kausalen Körper

Für die Übungen zum kausalen Körper biegst du am Mittwochabend auf dem Nachhauseweg in das kleine Wäldchen ab. An der Lichtung vor dem verwahrlosten Grillplatz verankerst du beide Füße auf dem Boden. Mit geschlossenen Augen führst du deine Handflächen mit den Fingerspitzen nach oben vor dem Herzen zusammen. Was gar nicht so einfach ist. Zweimal verfahren sich die Fingerspitzen, erst beim dritten Anlauf treffen sie akkurat aufeinander. Du spürst den Stolz über die gelungene Zusammenführung, lässt das vergängliche Gefühl aber sofort wieder los.

Nun atmest du die Luft ein, die in Waldesnähe von Nadelholzaromen durchtränkt sein sollte. Ist sie aber nicht, die Autobahn ist zu nahe. Zudem nehmen deine Geruchsknospen witternd wahr, dass irgendein Wesen den Grillplatz mit einer Toilette verwechselt hat. Du verzeihst ihm oder ihr und rezitierst:

„Ich nehme das So-Sein, die Ist-heit und den Augenblick wahr."

Du spürst den Boden unter dir. Auch den Schweiß zwischen Socke und Einlegesohle fühlst du. In deinen Ohren klingt das ferne Rauschen der Autobahn. Ein nicht enden wollender Strom von dahin jagenden Autos. Das nervöse Knattern der Motorräder ist ebenso willkommen, wie das tiefe Röhren der Fernlaster, die morgens vielleicht in einem anderen Land aufgebrochen sind und nun hier sind. Hier an diesem Ort, der überall ist und nirgends und vor allem in dir, wenn du das richtig verstanden hast.

"Ich bin dieses So-Sein. Ich bin Offenheit, in der alle Dinge entstehen.", rezitierst du. Am Rande deiner Wahrnehmung erkennst du, dass du damit auch der dröhnende Sportwagen bist, der auf der Autobahn vorbeidonnert. Ein Lächeln erscheint auf deinem Antlitz. Am Rande deiner Wahrnehmung wirst du dir gewahr, dass du damit auch das Kaka auf dem Grillplatz bist. Dein Lächeln verschwindet wieder. Und alle Empfindungen kehren zurück zu dem Ort, wo alles ohne Wertung aufgehoben ist.

Noch einmal lässt du den Atem tief in dich strömen und kreuzt deine Arme vor dem Brustkorb. Noch einmal atmest du tief aus, hebst beim Ausatmen die Hände neben den Körper und streckst die geöffneten Handflächen nach vorne.

"Ich lasse los in die Unendlichkeit", murmelst du. Springst als geistige Übung noch ein wenig zwischen Körper, Verstand, Schatten und Geist hin- und her und eilst dann nach Hause, weil es Mittwoch Pizza gibt und das deine Leibspeise ist.

Donnerstag: Überprüfung der eigenen Sichtweisen.

„Was ist dein sehnlichster Wunsch?", fragt dich dein spirituelles Überich. Früher, als du noch nicht auf dem Weg warst, hättest du geantwortet: „Einen 6er im Lotto und dann ab auf die Insel."

Aber jetzt weißt du, dass all das nur eine Spiegelung in deinem Inneren ist, vergänglich und leer. Aber was motiviert dich stattdessen, wirst du gefragt. Als kleine Handreichung zum Nachspüren werden dir vier Quadranten angeboten. Der Reihe nach sollst du ergründen, was du fühlst, was andere wahrnehmen, mit welchem größeren System du verbunden bist und welche möglichen Handlungsschritte sich aus all dem ergeben könnten.

Was dich zu der Feststellung führt, dass du rein gar nichts fühlst, wenn alles leer ist. Ist vielleicht eine kleine Trotzreaktion, hat aber doch ihre Berechtigung: Für das Nichts kann man schließlich nur nichts empfinden, oder?

Du bist also sozusagen emotional schockgefrostet (Quadrant 1). Vermutlich nehmen das andere wahr (Quadrant 2) und finden dein Verhalten befremdlich. Worunter deine

Verbindung mit größeren Systemen (Quadrant 3), wie Monika (Familie), Florian und Clara (dito), Alpha-Stier und Kimmler (Beruf) sowie Theo, Gerd und Lutz (Doppelkopf-Runde) leidet. Du in Folge in zunehmenden Maße seltsam angeschaut wirst und die Wahl hast, die anderen als voll verhaftete Flachzocker zu beschimpfen (Quadrant 4), dich in innere rosa Reiche zurückzuziehen (dito) oder deinen inneren Weg anzuzweifeln (auch dito; geht aber gar nicht).

Was sich negativ auf dein eh schon geschocktes Gefühlsleben auswirkt (Quadrant 1), dass sich nun nicht nur leer, sondern auch saublöd anfühlt. Dies mit negativen Rückkopplungen auf die Wahrnehmung durch andere (2), die dich langsam als vollkommen abgedreht ansehen (3), dich meiden und du so in Quadrant 3 (Beziehungssysteme) immer weniger vorzuweisen hast. Dies könnte auch finanzielle Auswirkungen haben, da Alpha-Stiers Finanzabteilung die Überweisung des monatlichen Schmerzensgeldes für frustrierende Verwaltungsarbeit einstellt, wenn du Berufsbeziehungsmäßig nicht spurst. Was dann deine Handlungsmöglichkeiten (4) stark einschränken würde.

Über all diese Dinge grübelst du auf dem Weg zur abendlichen Doppelkopfrunde und übersiehst beim rückwärts einparken dieses dämliche halbhohe Ding (Hydrant DN-300; 1,1/8,4). Aber du fokussierst dich wieder auf deinen Weg und legst deine Karten wie beim Tarot aus. Murmelnd fasst du deine innere Arbeit zu den eigenen Sichtweisen zusammen und stellst dem Universum Fragen hinsichtlich des Weges zur endgültigen Befreiung.

Stirnrunzelnd stellt dir Lutz einen doppelten Schnaps hin und stellt dir Fragen hinsichtlich deines geistigen Zustandes.

An eben diesem Donnerstagabend hast du das erste Mal das Gefühl auf einem Floß zu sein, das langsam von der Küste wegtreibt. Du bist auf dem Floß und schaust zu, wie du dir gleichzeitig vom Strand aus zuwinkst. Ein dritter in dir beobachtet all dies und der vierte amüsiert sich darüber, wie die ersten Drei deiner inneren Selbst all diese Spiegelungen für Wahrheit halten können.

Freitag - Meditationen

Vielleicht wäre noch alles gut gegangen, wenn dein Freitagsprogramm nicht nahtlos an die Arbeit der Vortage angesetzt hätte. Meditationsvorbereitend sollst du alle vorangegangenen Übungen nochmal Revue passieren lassen. Weswegen du bei dem von Kimmler eingeführten *Wrap-Up* am Ende der Woche alle Kollegen genauestens musterst, das in dir sich spiegelnde Bild mit geschlossenen Augen wirken lässt, den im Versammlungsraum wabernden Düften (Kaffee, Schweiß, Deodorant...) witternd nachspürst, bei der Kollegin aus der Abteilung 4 nochmal genauer hinschnupperst (Rosenparfum mit einem exotischen Zusatz, in der Nähe des Dekolletés riechst du Aromen von Holz und Kräutern); danach die Keksdose plünderst, um den feinsten Geschmacknuancen im grobstofflichen Sein nachzuspüren und der Gesamtheit deiner Gefühle mit wieder geöffneten Augen nachgehst.

Ein Zusammenziehen in dir kannst du wahrnehmen. Zudem eine Verhärtung im Nackenbereich. Was mit den geweiteten Augen zusammenhängt, die dich anstarren. Viele Facetten der emotionalen Ausdruckformen des Universums sind in ihnen zu sehen. Entsetzen. Sorge. Ekel. Ablehnung. Kalte Wut (bei Kimmler). Pragmatische Abschätzung der Vorteile einer fristlosen, sofortigen Kündigung mit den dann entstehenden Kosten einer Abfindung (bei Alpha-Stier).

Aber du lässt dich von der Ignoranz der Unwissenden nicht von deinem Weg abbringen. Mit einem Lächeln wirst du zum Zeugen des Gewahrseins in diesem jetzigen Augenblick. Nimmst wahr, wie alle aufstehen und Alpha-Stier Abteilungsleiter Kimmler zu einer Besprechung unter vier Augen bittet. Mit den Händen auf dem Bauch wandelst du auf dem Flur auf und ab und segnest die Gaben des Kosmos, die sich in diesem Körper ausdrücken. Wann immer dir jemand entgegenkommt, bückst du dich und verbindest dich mit den Fingerspitzen auf dem Boden mit allen Wesen dieser und anderer Welten. Nur ein kurzes Antippen des vorbeieilenden Kollegen reicht aus, um dich auch mit ihm verbunden zu fühlen. Du nimmst auch ihn in dich auf, auch wenn er nur Kopfschütteln und Worte des Missfallens für dich hat. Kreuzt nun die Arme vor dem Brustkorb und streckst sie dann nach vorne aus, mit geöffneten Handflächen kollidierst du mit dem Gruppenleiter aus der Abteilung 3, der gerade aus einer Sitzung eilt.

Die dir entgegenkommenden Beziehungssysteme schauen immer kritischer drein, aber das macht nichts, mit geöffnetem Herzen widmest du deine Übungen allen fühlenden Wesen und lädst den ganzen bewussten Kosmos in das So-Sein ein, wo er ja eigentlich schon ist, aber egal. Inniglich erbittest du Beistand, damit dein Verhalten allen Wesen dient und sie befreit in allen Welten im hier und jetzt. Währenddessen drehst und verbeugst du dich und wendest deine Handflächen nach innen und außen. Hinweg fegst du jegliche Dinge und Wesen in deinem Inneren. Im reinen Gewahrsein ruhend stellst du dir alle entscheidenden Fragen deiner Wesens-Meditationen:

„Wer bin ich?" und „Was tue ich hier?" hörst du dich wieder und wieder murmeln. Fragen, die du gemäß Anleitung nicht beantworten musst, die dich aber bereit machen für ein tieferes Verständnis und deine Präsenz für das Offensichtliche erhöhen. Wodurch du den von der Chefsekretärin überbrachten Brief in seiner Vergänglichkeit annehmen kannst und alle Gerüche, Geschmäcker sowie deine Emotionen wahrnimmst, als dich der Sicherheitsdienst zu deinem Wagen begleitet.

Samstag - Schattenarbeit

Den Samstag willst du nun ganz deinem unterdrückten Unterbewussten widmen. Du sagst daher den Besuch im Europapark ab und widmest dich ganz der Schattenarbeit. Spontan rufst du eine Familiensitzung ein, verbindest dich mit über dem Herz gefalteten Händen mit den deinen und bittest sie mit tränenerstickter Stimme um Vergebung für all das Leid, dass du ihnen in der Vergangenheit zugefügt hast.

Moni verweist auf das Leid, das du den Kindern mit der Absage des Europa-Park Besuchs zugefügt hast. Du hilfst ihr, dies in einem größeren Zusammenhang zu sehen, indem du all deine Projektionen beichtest, unter denen sie in den letzten Jahren zu leiden hatten. Auf Floian hattest du Faulheit und Spielsucht projiziert, nur weil er sieben Fünfer im Zeugnis nach Hause brachte und nach nächtlichen Cyber-Kriegsspielen ein paar Mal die Schule verschlafen hatte. Clara hattest du Eitelkeit und Oberflächlichkeit vorgeworfen, ihren Kleidungs-, Schmink- und Fun-Zuschuss auf 100 € die Woche beschnitten und ihre Chat-Zeit auf nur fünf Stunden pro Tag begrenzt. Und Moni, deiner über alles geliebten Moni, hattest du unzureichende Konsequenz vorgeworfen. Nur weil sie Clara ab und an noch einen Zusatzhunderter zusteckte und Kevin beim Einsetzen der Computersperre an ihrem eigenen Laptop weiterspielen ließ.

All dies nimmst du nun zu dir. Du beichtest deine Eitelkeit, die sich durch erbarmungsloses Festhalten an Kleidungsstücken deiner Studi-Zeit ausdrückt. Berichtest wimmernd von deiner Doppelkopfspielsucht und legst Zeugnis ab von deinen inkonsequenten Top-Secret-Nachtbesuchen des Kühlschranks.

Wie von Stirni empfohlen, versetzt du dich nun in alle drei intensiv hinein, schaltest kurz die Spielkonsole ein und ballerst ein paar Zombies ab; schnappst dir Claras Handy und chattest mit ihrer besten Freundin und verteilst großzügig bunte Scheinchen an alle. Immer wieder stellst du diesen zu Schatten deiner Projektionen gewordenen Mitmenschen Fragen nach ihrem wahren Sein, nach dem, was sie von dir wollen, nach dem Geschenk, das sie für dich haben. Dann wechselst du in die Ich-Person und lässt alle teilhaben, an der Erforschung deiner abgespaltenen Gefühle.

Vorbildhaft unterstreichst du deine Bitten mit der Berührung deines Herzens, empfängst mit offenen Händen die Energie des Kosmos, fängst sie wie eine Fliege ein und setzt sie auf den Scheitelpunkt Monis ab, damit sie in die Chakrenkanäle eindringe und ihr Bewusstsein weite.

In einem Vorgriff auf die für Sonntag vorgesehene Achtsamkeitsarbeit nimmst du völlig entspannt wahr, wie alle Drei in die Gartenlaube verschwinden und sich dort der Schlüssel zweimal im Schloss dreht. Du bist gewahr, wie sie auf keine Bitte, die Tür zu öffnen und gemeinsam zu meditieren, eingehen. Mit völliger Klarheit hörst du die Sirene, siehst wenig später das Blaulicht über das Mauerwerk der Garage tanzen.

Sonntag (und die folgenden Mon- Diens- Mitt- Donners- Frei- Sams- und Sonntage) – Psychiatriearbeit

Weiß. Es ist alles so weiß. Selbst die Plastikschale mit den Medikamenten ist weiß. Nur drinnen in der Schale ist es bunt. Fein säuberlich legst du die blauen, beigen, roten und grünen Pillen zu Quadranten zusammen.

Der Bärtige, der dich ab und an besucht, stellt viele Fragen. Wenn es gerade nicht so neblig in dir ist, weist du ihm gerne den Weg. Erklärst ihm, dass du als Spiegelung seiner Wahrnehmung in ihm wohnst und tupfst auf die Stellen, wo sich bei ihm der grobstoffliche, kausale und subtile Körper offenbart.

226

Nach einer Woche stellt dir der Bärtige die Ergebnisse der netten kleinen Plaudereien vor. Du würdest an einer schwerwiegenden Quadrophonie, einer Viertelung der Persönlichkeit, leiden, meint er. Du bittest ihn vergeblich, seine Sichtweise zu überprüfen. Auch die hierfür vorgesehenen Übungen lehnt er ab.

Aber du verzeihst ihm. Gehst alles, was er über angebliche Aufweichungen deiner Ego-Struktur mit psychotischen Folgen gesagt hat noch einmal in deinem Inneren durch. Mit zum Himmel gestreckten Händen rufst du deinen inneren Rat ein und lässt ihn über die ergangene Diagnose einer Quadrophonie debattieren.

Mit drei zu einer Stimme wirst du für völlig gesund erklärt.

Herstellung und Verlag:
BoD - Books on Demand, Norderstedt
ISBN 978-3-7448-0946-7